OPINION

DU

ROUERGAT PINCESANSRIRE

SUR

LES BIENFAITS DE LA RÉPUBLIQUE

> La littérature est regardée comme une
> distraction ou comme un art, et personne n'en
> soupçonne la mission spéciale.
> César CANTU.

RODEZ
IMPRIMERIE H. DE BROCA, BOULEVARD SAINTE-CATHERINE, 1.

1881

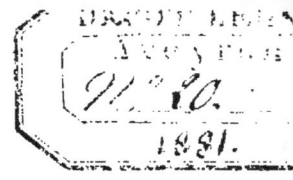

OPINION

DU

ROUERGAT PINCESANSRIRE

OPINION

DU

ROUERGAT PINCESANSRIRE

SUR

LES BIENFAITS DE LA RÉPUBLIQUE

> La littérature est regardée comme une
> distraction ou comme un art, et personne n'en
> soupçonne la mission spéciale.
>
> César CANTU.

RODEZ

IMPRIMERIE H. DE BROCA, BOULEVARD SAINTE-CATHERINE, 1.

1881

AVIS AU LECTEUR.

Je me permets d'engager les personnes qui voudront bien acheter cette brochure, d'en parcourir toutes les pages avec attention. Un semblable conseil peut paraître dicté par une sotte conscience de mon talent, mais en me couvrant du voile de l'anonyme je crois manifester d'une manière suffisante l'intention de me dérober aux coups d'encensoir comme à l'incision du scalpel. Les faits sont assez éloquents par eux-mêmes, et si, pour convaincre les honnêtes gens, ils avaient besoin des charmes du style, j'avoue mon impuissance à les en revêtir. Libre au lecteur de tirer des conclusions différentes des miennes, je lui demande, toutefois, de faire, pour un instant, abstraction des préjugés, et de considérer l'état des choses avec la loupe infaillible du bon sens.

Puisse, par sa diffusion, ce modeste opuscule acquérir au parti de l'ordre tous les gens de cœur égarés par les sophismes d'une presse éhontée, puisse-t-il ôter de leurs yeux le bandeau qu'ils s'obstinent à ne pas y voir et qui les empêche de reconnaître le vrai chemin! Que si les conservateurs font à ce petit livre un accueil bienveillant et le jugent capable de porter quelques sérieuses convictions dans les esprits, je les adjure, pour le bien social, d'en activer la propagande.

Il est particulièrement destiné au public Aveyronnais, et j'ai le droit d'espérer de son caractère judicieux et sympathique, la réalisation au moins partielle de mes souhaits ; si je suis trop présomptueux, je commets aux événements le soin de me l'apprendre.

Rouergue, Bretagne du Midi, forligneras-tu ?

PINCESANSRIRE.

OPINION

DU

ROUERGAT PINCESANSRIRE

CHAPITRE PREMIER
Le présent.

§ 1er. — LA CRISE ET LES ILLUSIONS.

Toutes les personnes honnêtes s'alarment à bon droit
des progrès effrayants de la révolution, et, d'une extré-
mité de la France à l'autre, on se demande avec une
anxiété visible quel sera pour notre pays le résultat
final de ces bouleversements frénétiques dont il est le
théâtre. Plusieurs aiment encore à se dissimuler le
péril, mais les hommes sensés, forts de la triste expérience des passions humaines, reconnaissent dans cette
effervescence générale des esprits les symptômes déjà
très accentués d'un cataclysme et les germes d'un nouveau 93. Fidèles au mot d'ordre que le patriarche de
Ferney a donné comme frontispice à ses œuvres, qui
sont aujourd'hui l'arsenal où se fabriquent les bombes
ratées de l'anticléricalisme, les soi-disant apôtres du
progrès moderne poursuivent avec une ténacité déli-
rante la destruction de tout culte surnaturel par une
guerre à outrance contre la religion. Ces adeptes du
mensonge remuent les fibres les moins nobles du cœur
humain, fascinent le peuple par de honteux appâts, et
les voilà sur le point de donner corps et substance aux
théories extravagantes, écloses dans leur cerveau sous
l'impulsion satanique de la rage et de l'impiété. Sans
doute, notre nature est un foyer de mauvais penchants,
et les mares de corruption suivies de larges traînées de
sang qui marquent l'apparition de certains siècles en
sont le témoignage irréfragable, mais compulsez les an-
nales de l'histoire et difficilement vous y trouverez une
époque comparable à la nôtre, en fait de fange morale
et de stupide abêtissement. Pour moi, j'ai beau sonder
la vie des monstres qui, depuis les temps anciens, ont
livré à la hache du bourreau des hécatombes humaines, en se délectant au son des râles désespérés de

l'agonie, depuis la cruauté farouche des tyrans de la Grèce et des empereurs romains, jusqu'aux féroces insanités des Jacobins et des Babouvistes, aucun ne m'a paru avoir formé pour la société des desseins aussi pervers que les bandits de la Commune et ses apologistes. Au siècle du progrès de l'écrevisse, éclairé par la lumière de l'éteignoir, il était réservé d'assister à ces orgies sanglantes qui ont à tout jamais déshonoré le sol de notre belle France, si riche en glorieux souvenirs. Paris les a vus à l'œuvre, ces prétendus régénérateurs dont les rêves philanthropiques avaient attiré tant de recrues. Que ne nous est-il permis d'ensevelir, dans les catacombes d'un oubli éternel, le tableau de ces forfaits, et de livrer aux flammes les pages vigoureuses, frappées au coin d'un burin immortel, que M. Maxime Ducamp a consacrées à ces événements sinistres ! La palme de la barbarie est notre partage ; elle devrait figurer sur le drapeau tricolore, car les droits imprescriptibles de la vérité se refusent à admettre sciemment des lacunes dans les traditions d'un peuple ; la victoire d'Austerlitz et l'assassinat des otages sont les deux termes de comparaison nécessaires pour évaluer notre progrès social.

Mais, dira-t-on, le retour à de pareilles folies est maintenant impossible. Qu'est-il besoin d'évoquer ces fantômes d'outre-tombe ? La République, affermie par les nombreux verdicts du suffrage universel, est assez forte pour triompher de ses ennemis, la nation est avec elle et toute tentative de ce genre aboutirait désormais à un pitoyable avortement. Prenez garde, le feu couve sous la cendre. le ferment de la haine envahit bien des cœurs, et le lion enveloppé dans les rêts du sauvage américain, n'en est, après sa délivrance, que plus furieux contre son adversaire. Un régime assis sur la base fragile des caprices parfois inexplicables de deux Assemblées, dont l'une est dépourvue d'influence sur la marche des affaires, présente peu de garanties pour la défense des grands principes sur lesquels pivote le monde. D'ailleurs, le mur de clôture qui sépare la République de la Commune est-il donc si épais ? Il faut toute la candeur de M. Lamy pour ne pas reconnaître l'affinité qui existe entre les deux filles de Gambetta et de Rochefort. Le *Voltaire*, organe autorisé du Palais-Bourbon, ne craint pas de dire, à l'instar des journaux intransigeants, que non-seulement celui qui croit en Dieu n'est pas honnête homme, mais qu'il y a impossibilité pour lui de le devenir ; ll traite (qu'on me pardonne de citer ce blasphême) Jésus-Christ *de pêcheur de goujons dans les lacs juifs*, d'accord en cela avec le Génois qui, dans le panégyrique d'Auguste Comte, relègue ses enseignements au rang des impostures.

Si les deux mégères s'accordent sur le point capital, la barrière qui les sépare est-elle infranchissable ? Quand deux machines sont mues par un grand engrenage commun, l'entente ne doit-elle pas s'y établir. Si les juges étaient unanimement d'avis de prononcer contre moi une sentence capitale, n'en déplaise aux stoïciens de nos jours (du reste, *apparent rari nantes*), j'en ressentirais une joie fort médiocre ; la potence et la guillotine ont, à l'heure de la mort, le visage également rempli d'attraits. De même, si les diverses nuances du parti républicain ont résolu de mettre la religion sur le billot, peu importe la manière dont on la pourchassera, qu'elle soit anéantie *lentement*, mais *sûrement* ou par des mesures d'un effet immédiat.

Ceci posé, comment pourra-t-on fonder une société sans l'asseoir sur la terre ferme des convictions religieuses ? Une maison de pierre, bâtie sur la surface de la mer, tarderait plus à tomber en ruine qu'un Etat étayé avec de tels principes. La personnalité du croyant aura beau se perdre dans les splendeurs de la nature ou dans les nuages de l'incrédulité, l'homme aura toujours des craintes et des espérances ; il éprouvera un besoin irrésistible d'être consolé, éclairé et réhabilité. Ceux qui ne peuvent voir, dans la création et la conservation des choses, l'œuvre du hasard, sentent par instinct qu'il existe entre les mortels et la cause suprême des moyens de communication réguliers et vivifiants, et le progrès matériel, avec son brillant cortége de découvertes et d'inventions, laissera toujours dans l'âme un vide que toutes les créatures seront impuissantes à combler. Le besoin d'adorer est inné, et si vous supprimez l'existence d'un Dieu unique, rayonnant de gloire et de puissance, vers lequel doivent converger nos aspirations, vous verrez cet être intelligent, fait pour commander à l'univers, incliner honteusement son front devant la matière et rendre ses hommages à un objet inanimé incapable de le comprendre.

Qu'il me suffise de rappeler ici que Robespierre, dont

l'acharnement contre les choses saintes est bien avéré, n'osa pas abdiquer l'idée d'un Être suprême. « L'athéisme est aristocratique, disait-il, l'idée d'un grand Être qui veille sur l'innocence opprimée et qui punit le crime triomphant est toute populaire. » Athènes même, dont les mœurs, à en croire nos édiles, servent de règle à la Marianne, fit signifier un arrêté de bannissement, par l'intermédiaire des phratores, à un philosophe qui avait révoqué en doute l'existence d'un ordre surnaturel.

§ 2. — AFFAMÉS ET REPUS

Le pouvoir se trouve actuellement entre les mains de cette bourgeoisie épicurienne, telle que l'ont produite les doctrines du XVIII° siècle, et dont les hideuses utopies de St-Simon et de Charles Fourrier nous ont révélé les tendances morales. Entre elle et les prolétaires, la guerre à mort est déclarée. On trouve dans ses rangs des membres qui demandent qu'on s'occupe avec efficacité des besoins de la classe pauvre, mais sous ces dehors mensongers se cache une haine implacable. Chaque jour l'opportunisme perd du terrain et l'omnipotence de M. Gambetta tend à s'éclipser complétement. Dans une réunion, la citoyenne Louise Michel a promis de planter un couteau dans le ventre du fou-furieux, et le drapeau rouge a pu être déployé impunément à l'enterrement civil du révolutionnaire Blanqui, accompagné par 200 mille hommes. De plus, le candidat des radicaux, Sigismond Lacroix, a été élu président du Conseil municipal de Paris, malgré les agissements de toutes les branches gouvernementales ; Roques de Filhol, un am nistié, a enfoncé le candidat gambettiste en pleine capitale dans l'arrondissement de St-Denis et, contre ses ordres, les républicains de Mortagne se sont coalisés pour jeter à bas M. Dugué de la Fauconnerie, un renégat de l'impérialisme. Félix Pyat traite de porc l'auteur du marché Giacometti, et Rochefort, dans une polémique récente, le déclare uniquement justiciable des crachats de tous les patriotes.

L'épicier de Cahors n'entend pas faire chorus avec les communards ; il lui en coûterait de partager avec les bons amnistiés de Nouméa les 40 millions dont la Cour des comptes n'a trouvé aucune trace ; mais impossible de conjurer le danger. La dictature n'est qu'une étape vers le triomphe du socialisme. Dans les temps de trouble, les individus grandissent d'autant plus que les forces nationales sont plus divisées et le jeu de l'autorité en souffrance ; l'ambitieux qui se sent des facultés extraordinaires ose tout, quand les mœurs et l'opinion publique sont insuffisantes pour le retenir dans les barrières légales ; mais quand il s'agit de comprimer avec prudence tous ces éléments disparates qui se croisent sans jamais s'agencer et se font mutuellement obstacle, il ne faut rien moins que le génie d'un Bonaparte. Et pourtant, malgré ses rares aptitudes, Napoléon comprit qu'il ne parviendrait jamais à régulariser la marche des événements et des esprits sans le secours de la religion qui devait être le piédestal de toutes ses réformes ; le pacha actuel de la France, au contraire, pousse son affreux cri de guerre : *le cléricalisme, voilà l'ennemi;* nous verrons quel frein il pourra substituer à son action bienfaisante. Le voilà tout seul avec ses 363 pour lutter contre les partisans de la Révolution universelle, qui retournent contre lui les paroles qu'il adressait jadis à M. Emile Ollivier : *Pour nous, vous n'êtes qu'un pont, et ce pont nous le passerons.* Les conservateurs assisteront avec une indifférence relative à cette guerre de loups ; leurs sympathies ne se reposeront sur aucun des champions, mais après la bataille, ils s'efforceront de relever les ruines dont sera semé le sol de la patrie. La fortune est capricieuse et l'avenir insondable, mais l'horizon est assombri, des jours néfastes vont se lever pour la fille aînée de l'Eglise et, sans avoir le don de prophétie, on peut conjecturer que les rues de nos grandes villes seront rougies par le sang des citoyens avant qu'un régime de paix couvre la France de ses ailes protectrices.

§ 3. — Moralité du ministère

En connaissant le programme du maître, on connaît par cela même celui de ses disciples. M. Gambetta a poussé l'audace jusqu'à nier toute ingérence de sa part dans la roue administrative, mais ces assertions hypocrites sont démenties par les faits et gestes de chaque jour. D'après Dante, la ressemblance des mœurs engendre l'amitié entre les âmes, et le brouillon du 4 septembre, dont les fourberies ont été dévoilées par Ponet, de la *Comédie politique,* devait choisir des affidés de sa trempe. Si la Société, incapable d'exercer le pouvoir en tant qu'être collectif, abdique sa liberté entre les mains d'un chef quelconque, n'a-t elle pas le droit de demander une caution qui lui permette d'en augurer le consciencieux emploi. Les gouvernants préposés au maintien des lois et de la morale extérieure, doivent resplendir à un degré suréminent de l'auréole des vertus civiques pour puiser dans les masses la confiance exigée par la noblesse et la hauteur de leur rôle. Loin de moi la prétention de reconnaître l'existence de ces qualités dans tous les monarques dont le sceptre a dirigé les destinées des peuples ; mais au *bon vieux temps,* par exemple, cette choquante anomalie avait sa source dans l'hérédité ; les jeunes princes succédaient à leurs ancêtres sans aucun antécédent digne de remarque et sans faire agréer leur mandat par le peuple, aussi par suite de leurs accointances avec les personnages souvent corrompus de la cour, apportaient-ils parfois sur le trône un monstrueux assemblage de vices dont les appétits, contenus dans leur ornière par la main paternelle, s'étalaient sans retenue lorsqu'ils étaient débarrassés du maillot.

Après la déclaration des *Droits de l'homme,* où il est dit que tous les citoyens ont le droit de concourir individuellement à la formation des lois par l'intermédiaire de leurs représentants et que le pouvoir réside essentiellement dans la nation, les irrégularités de l'ancien régime auraient dû disparaître. Une intelligence supérieure, dont les vastes concepts sont dirigés par un jugement indéfectible, et secourus dans la pratique par une habileté spéciale, fruit d'une longue expérience, constitue la partie embryonnaire d'un aspirant aux portefeuilles. Toutefois, il n'est pas acceptable si la sève d'une réputation indéniable de probité ne donne le mouvement à ce squelette et ne l'enjôlive de réels et beaux dehors, au moyen desquels il puisse conquérir l'estime des sujets. Et pourtant ne vois-je pas trôner, dans la ministère de Kokinos, Constans, l'ancien marchand de pompes locomobiles pour les vidanges, contre qui le *Triboulet* a formulé des accusations horribles, dont il a refusé la preuve par témoins, et le Sénat qu'on avait regardé jusqu'ici comme le dernier rempart de l'ordre, a montré qu'il était le dernier récipient des abjections révolutionnaires en votant contre la demande d'enquête proposée à ce sujet par M. de Gavardie. Notre ambassadeur d'Angleterre,

M. Challemel-Lacour, compte dans sa généalogie trois membres assassins ou faussaires qui expièrent leurs brigandages multiples dans le bagne, et Cazot, ministre de la justice, se réclame avec jactance de la parenté de Danton, cet exécrable montagnard qui, après avoir contribué puissamment à la mort de Louis XVI et à la proscription des Girondins, porta sur l'échafaud une tête lugubrement enluminée par le désir de la vengeance, dont les miasmes exhalés par le sang des victimes avaient élargi le profil. Enfin, pour jeter un voile sur les autres, Jules Grévy, qui au temps jadis débordait en invectives contre la présidence de la République, n'a pas dédaigné d'accepter ce poste ; de plus, entaché d'un népotisme excessif, il a livré l'avenir de l'Algérie aux mains de son frère, dont l'incapacité notoire est franchement avouée par les journaux républicains indépendants ; c'est à son ineptie que nous devons la guerre des Kroumirs, qui a déterminé la révolte de plusieurs tribus algériennes. Il serait facile de multiplier les détails sur les personnages qui nous gouvernent. En un pays où les charges s'acquièrent par droit de conquête et non par droit de naissance, la présence de ces hommes au pouvoir est une insulte permanente à la France ; car c'est faire croire que dans les deux Chambres il n'y a pas des mandataires plus dignes de la confiance du peuple et plus intelligents.

Dans le second chapitre, nous allons examiner si la prospérité promise par les républicains a eu son cours, et s'ils n'ont menti à aucune de leurs assertions. Je commence par proclamer hautement que depuis trois années surtout la République a accumulé désastre sur désastre. La religion, la famille et la propriété ont servi de point de mire aux attaques de nos adversaires ; la France a achevé de perdre son influence dans le monde diplomatique, le développement des forces vives du pays a été arrêté dans sa racine, et nos finances, soit agiotage, soit impéritie, ont été mises dans un état déplorable. Au moyen d'une succincte récapitulation, nous pourrons inférer, cher lecteur, un jugement en connaissance de cause. On remarquera, selon les paroles d'un ancien député, que nous assistons au siège en règle des âmes, et de même que l'ingénieur calcule mathématiquement combien de jours et combien de coups de canon demandera la reddition d'une place, de même les meneurs de la guerre impie contre le christianisme, supputent déjà combien il leur faudra de temps et d'efforts pour faire capituler devant l'athéisme l'âme de la France et de ses enfants, et si l'Eglise, rivée au sein de son invincible fondateur, n'émergeait, sans cesse souriante, la croix d'une main et l'olivier de l'autre, au-dessus des vagues ennemies, nous la verrions, dans un avenir plus ou moins reculé, s'effondrer sous l'étreinte puissante de l'armée de Babylone. Les chevaliers du crochetage, à qui l'on peut appliquer ce vers de Chénedollé :

Le ciel est dans *leurs* yeux, l'enfer est dans *leur* cœur.

repoussent avec une sainte indignation l'idée qu'on leur prête d'une atteinte à nos croyances ; à les en croire, personne au monde n'en désire plus qu'eux l'entière sauvegarde ; mais, à moins de renverser les règles connues de la syllogistique, on ne peut qu'être écœurés de tant d'audace et de duplicité. Un père de famille a beau protester de son amour pour son fils, s'il met tout en œuvre pour lui rendre la vie insupportable, lui refuse accès dans sa demeure, circonscrit, sous d'injustes et futiles prétextes, le champ de son activité, et non-seulement le laisse bafouer par de vils insulteurs, mais se joint à eux pour rendre l'amertume plus sensible et les encourage par ses procédés vexatoires, celui-là, dis-je, encourra le mépris universel. Si ce tableau n'est pas l'image fidèle de l'attitude des sycophantes républicains à l'égard de la religion, je consens à m'embarquer, à bras ouverts, dans la galère gambettiste, quoique mes inclinations ne me fassent trouver rien d'alléchant dans ce taudis infect, où une avalanche de gueulards et de ripailleurs, attirés par les épices de Trompette, se disputent les bribes que l'ancien client du café de Madrid laisse tomber de sa table lorsqu'il ne peut plus les loger dans sa cavité thoracique. Dans l'exposé des coups de lance dirigés contre *l'infâme*, inutile de s'attacher rigoureusement à l'ordre chronologique, il est préférable peut-être de présenter la série des assauts donnés contre chaque colonne de l'organisation sociale.

CHAPITRE SECOND
Le Passé.

§ 1. — SUPPRESSION DES AUMONIERS MILITAIRES

Est-ce donc par amour de la religion et de l'armée que vous avez renvoyé les aumôniers militaires ? Le chant du *Çà ira* substitué à l'audition d'une messe augmentera-t-il le patriotisme des troupes ? Et en employant leurs loisirs à fréquenter de sordides tripots ou à se vautrer dans la fange des journaux pornographiques dont les nausées asphyxient le sentiment de l'honneur, les soldats seront-ils plus capables de restituer son antique prestige à l'étendard de la patrie, et d'inspirer à nos voisins le respect et la crainte, par le spectacle de militaires courageux et bien disciplinés ? Oui, loyaux paysans, non-seulement le corps de votre fils sera exposé à la balle de l'ennemi, mais il y va encore de la perte de sa foi ; à la caserne l'attendent des armes perfides, la citadelle de son cœur, dont les premiers remparts ont croulé sous la seule influence de l'atmosphère corrompue de la garnison, achèvera de sombrer sous les quolibets encouragés par les actes de l'autorité. Encore s'il lui était permis de retremper sa vertu dans l'eau salutaire des exercices spirituels indispensables à tout chrétien, son front serein, son tranquille regard témoigneraient, à son retour, d'une bonne conduite. Mais la nouvelle mesure le renverra dans ses foyers blasphémateur et débauché, car l'un va rarement sans l'autre, pour faire la honte de vos cheveux blancs. A ne se placer qu'à un point de vue purement secondaire, la foi, au surnaturel, est le plus actif mobile de l'enthousiasme, et ce rouage magique transforme, à l'occurrence, les esprits les plus vulgaires en héros des temps mythiques.

Les Grecs et les Romains qui furent dans l'antiquité la sublime incarnation de l'héroïsme guerrier, professaient pour leur culte un scrupuleux respect, et la patrie ne leur inspirait tant d'amour que parce que des dieux et des déesses, imaginaires sans doute mais réelles à leurs yeux, y avaient fixé leur résidence, et la pensée de voir les *pénates* pris et souillés par l'ennemi absorbait tout leur être dans les luttes. Avec cette conviction, Cynégire, dans un élan d'intrépidité voisin ce semble, des fables légendaires, saisit un navire perse avec ses dents pour retarder sa fuite ; Léonidas avec trois cents braves vole à une mort certaine dans le défilé des Thermopyles ; Décius, à Rome, se jette dans les rangs des Latins, tête baissée, pour assurer la victoire de ses cohortes, et Scévola punit par les tortures d'un brasier ardent la maladresse de sa main qui s'était trompée de victime.

Mais quand les subtilités des sophistes ou les profondes investigations des philosophes eurent jeté le doute sur cet amas incohérent de divinités bizarres, Athènes cessa d'enregistrer de hauts faits d'armes, le suprême ressort de la valeur disparaissait et la patrie, dépouillée de ce lien de solidarité qu'une même origine et une même fin avaient incrusté aux deux pôles de l'univers, n'était plus qu'un mot vide de sens. A Rome, même phénomène et le bilan des derniers siècles accuse l'absence d'exploits remarquables. A travers la gaze éblouissante dont certains auteurs modernes ont essayé de revêtir cette reine du monde, on aperçoit un abîme de corruption et d'incrédulité ; l'égoïsme et l'isolement individuel barraient le passage aux généreux efforts.

Quand on voudra voir se produire dans la milice française la magnanimité impassible de Dandolo, l'intrépidité du chevalier d'Assas à Clostercamp, l'ardeur de Pimodan à Castelfidardo et celle des zouaves pontificaux au champ d'honneur de Patay, on sentira le besoin de greffer le patriotisme sur la religion, car le soldat chrétien voit un noble moyen de servir son Dieu dans la défense de son pays ; sans cela il pourrait adresser à son chef ces paroles de Saint-Grégoire-le-Grand : « L'homme a le droit de commander aux bêtes et Dieu seul à l'homme. » La patrie, en effet, est un grand mot qui résonne assez majestueusement et enflamme l'imagination, mais lorsqu'on l'analyse sans étudier la source de son prestige et de son attrait dans Dieu et ses lois éternelles, on n'y trouve rien de plus cher que soi-même et sa famille, et on ne voit pas trop ce qui peut nous entraîner à sacrifier notre existence au détriment de nos proches, pour procurer les jouissances de la paix à un public dont nous n'attendons aucune récompense.

Et cependant la campagne de déchristianisation de l'armée se dessine nettement. Les révocations, les retraits d'emploi ont atteint les officiers les plus expérimentés chez qui on pouvait soupçonner quelque arrière-pensée cléricale. 25 lieutenants ont été mis à la suite en un seul jour, et ce n'est là que le prélude de razzias plus considérables. Le colonel de l'Espée, après avoir protégé, au Havre, des religieux contre la tourbe grouillante des pavés, qui se disposait à les jeter à la mer, a vu sa carrière brisée par un arrêté du ministre de la guerre. Le général Vinoy, l'une des illustrations de l'état-major, a été supplanté comme grand-chancelier de la Légion-d'honneur par le républicain Faidherbe, qui laisse déconsidérer l'ordre en refusant d'appuyer les poursuites exercées par certains membres contre les agents qui, dans l'exécution des décrets, les avaient insultés par des voies de fait. Le général de Cissey, nommé 15 fois sur le bulletin du jour, haï des communards pour les avoir vaillamment combattus, a été accusé de trahison par Rochefort, ce pamphlétaire excrémentiel qui recourut aux plus déshonorantes adulations pour éviter le poteau de Satory, et Laisant, grotesque perruque de la Chambre, qui, d'après le rapport d'un de ses collègues, feignit, en 70, une maladie par crainte des obus prussiens. A la nouvelle de cet attentat, un torrent de murmures a jailli des entrailles de la France ; le ministre, disait-on, prendra fait et cause pour le brave soldat afin d'écraser la tête de ces basilics dont les pores cancéreux distillent sans intermittence le venin de la calomnie. La dignité de ce rôle ne pouvait cadrer avec le goujatisme de Farre, qui a révoqué son prédécesseur de son commandement, et s'est opposé à sa réintégration quoique le résultat des enquêtes judiciaire et parlementaire ait tourné à la confusion des zoïles crapoussins. Rarement l'ingratitude enrichit les coffres. Un jour, peut-être, la reproduction du même drame s'opérera avec changement de décors et d'acteurs ; le domestique du ventru Patelin, mis sur la sellette, et houspillé par le ramassis morveux des rafleurs boulevardiers, expiera ses compromissions sous le poignard des sicaires. Vous apprendrez, mais trop tard, qu'on ne transige pas avec sa conscience ; comme M. de Sonis, on brise son épée quand l'accomplissement d'une tâche fait litière du devoir et de l'honneur. Mais non, il faut suivre le courant politique et conserver son portefeuille à tout prix. Pour flatter les gobe-Jésuites il a, par une circulaire du 7 août, interdit tout service religieux

dans l'armée, et complété ainsi la suppression de l'au-
mônerie militaire. Le sieur Matussewitch, ancien
capitaine et l'un des chefs les plus actifs de la Commune, a failli être officiellement remis en possession de
grade; mais l'impression produite par ce comble d'im-
pudence et dont M. Lacerval s'est fait l'interprète dans
une lettre adressée au *Figaro*, a déterminé l'ajourne-
ment de ce scandale.

§ II — LES BUREAUX DE BIENFAISANCE ET LES HOSPICES

Est-ce l'amour de la religion qui vous a fait enlever
aux ministres des cultes la place qui leur appartenait
dans les bureaux de bienfaisance et les commissions des
hospices ? Le prêtre, exclusivement réservé au service
de ses semblables, se verra remplacé par des hommes
dont plusieurs ne connurent jamais le plaisir que pro-
cure le don d'une obole à un pauvre. Avant d'emprun-
ter le pouvoir par votre présence vous vous décoriez
du nom d'amis du peuple, et le hâbleur du Palais-
Bourbon affirme qu'il lui est dévoué jusqu'à la mort.
Le moment d'accomplir ces promesses fut-il jamais plus
favorable ? Les millions remplissent vos cassettes, et les
classes ouvrières sont dans la détresse, pourquoi ne pas
donner un cours bastant à votre philanthropie ? Quel
ébahissement, pauvre peuple, si avec l'anneau de Gygès
tu pouvais t'introduire dans l'Alhambra du dictateur
pour contempler le luxe et le faste qu'il déploie dans
les déjeûners du scrutin de liste, afin de gripper la cervelle des députés en caressant leur abdomen. Assourdi
par les gaudrioles de cette cohue de goinfres qui s'em-
piffrent à la bonne franquette de nouilles, dindonneaux
farcis, rillettes stéariques, salmis truffés et massepains
flanqués d'un pétillant malaga et d'un guilleret rossolis,
tu attendrais le moment où, armés de colossales chi-
bouques, les convives se mettront à la recherche de
l'introuvable Panacée. Mais, ô honte ! après avoir avalé
de l'émétique, comme les milords anglais, dans le but
de satisfaire à gogo leur épicurisme en rejetant les
victuailles déjà prises, après s'être gobergés au prix
de tes sueurs, ils chercheront le moyen de réaliser les
conseils de Voltaire, dont ils se montrent les dignes suc-
cesseurs ; pour eux, comme pour l'auteur de la *Pucelle*,
le peuple est une bête de somme à qui on ne doit que

du *foin* et un *aiguillon*. Vous ne savez donc pas, racé de vipères, que pendant que vous maculez de graillons les sculptures de vos parquets, ou que vous allez ombrager vos panses sous un dôme de charmille, une foule dont l'émaciation révèle l'infortune, se presse contre vos portes. As-tu donc, négociateur de l'emprunt Morgan, promené toujours sur un tapis indien ta hideuse carcasse, toi dont, s'il faut en croire la citoyenne Paule Minck, un sergent de ville payait le loyer pendant la dernière guerre, et qui en étais réduit à demander une place de substitut à M. Baroche. Quand on se pique de générosité, on ne laisse pas mourir de faim ces malheureux dont le décès par la famine est constaté dans les rapports quotidiens de la police. Le président de la République, qui perçoit des appointements de 1.500.000 francs, ne pourrait-il pas délier les cordons de la bourse. Qu'avez-vous fait, Messieurs les ministres, pour le soulagement de ces déshérités de la chance? Et puis vous irez lancer vos immondes crachats sur la famille impériale, sur Eugénie de Montijo visitant les pestiférés d'Amiens, et dont le zèle à panser les plus répugnantes maladies a conquis à jamais l'estime des gens honnêtes de Paris. Saurez-vous du moins faire oublier par vos largesses cet empereur dont la sollicitude pour les gueux se traduisait par la fondation de la *Société et de l'orphelinat du Prince impérial,* de la caisse de boulangerie et des asiles de Vincennes et du Vésinet. « *La* » *crèche, l'asile, l'école,* dit en parlant de l'Empire M. » Chantrel, peu suspect d'attachement pour les Napo- » léons, *la caisse d'épargne, les sociétés de secours* » *mutuels et la caisse des retraites pour la vieillesse* » *suivent l'ouvrier depuis sa naissance jusqu'à sa* » *mort. Elles lui assurent des soins pendant son en-* » *fance, l'instruction et l'éducation, des secours pen-* » *dant les maladies et les chômages, et une vieillesse* » *à l'abri du besoin.* »

Et puis l'on voudra encaquer à l'actif des Républiques l'institution des sociétés de bienfaisance. Français, quand donc reconnaîtrez-vous vos vrais amis? Quand écraserez-vous ces ballons à coups de bulletins? Méprisez ces filous qui demand vos suffrages pour se gaudir à vos dépens et qui v us refusent un morceau de pain dans les jours de c lamités. Pauvres mendiants qui frappez en vain à l porte de tous ces potentats dont un triple verrou vous défend l'entrée, prenez le chemin du presbytère et le bon curé dont le modique traitement suffit à peine, quoiqu'on en dise, aux besoins d'un humble régime, se réjouira de vous avoir pour commensaux. Son cœur se dilate sous le souffle divin, parce que, destiné à recevoir un être infini, il tend *pro posse suo* à prendre des proportions en conséquence, et par suite tout ce qui est religieux est charitable. « Sire, disait-on un jour à saint Louis, roi de France, pourquoi admettez-vous à votre table tant de malheureux. » « Ces pauvres, répondit-il, sont mes gardes du corps ; ils m'aident à garder Paris et la France, et à conquérir le royaume du Ciel. »

Mais qu'importe aux grimauds de Lucifer le bien-être des prolétaires, pourvu que la religion soit éliminée. Dernièrement encore, le conseil de surveillance des hôpitaux en a voté la laïcisation, et voici quelques extraits d'une lettre qu'un libre-penseur, M. Després, chirurgien de l'hôpital de la Charité, vient d'adresser à M. Hérold, préfet de la Seine.

» Voilà vingt-six ans, dit-il, que je vois dans les « services auxquels j'ai été attaché, l'un et l'autre « ordre d'infirmières (laïques et religieuses) et j'ai « acquis la conviction que l'intérêt du malade est « d'avoir une religieuse, qu'il est d'ailleurs facile de « mettre au pas. »

Voici mes arguments :

« Une laïque peut être mariée, mère de famille ; tout le temps qu'elle pourra prendre au service des malades, elle le prendra pour l'employer aux soins de son ménage et elle aura raison. Qui en souffrira ? Le malade, qui restera livré aux infirmiers.

» Une laïque peut recueillir pour elle les bijoux, bagues, boucles d'oreilles que prennent d'ordinaire les gens de service aux mourants, lorsqu'ils ne sont pas entourés de leur famille et lorsqu'ils ne sont pas surveillés. Que ferait de ces bijoux une religieuse ? La tentation n'existe pas pour elle (et d'ailleurs, M. Després, elle en triompherait).

» Une laïque aura son enfant ou son mari malade, elle n'hésitera pas à prendre sur la nourriture commune des malades quelques douceurs pour les siens ; il ne faut pas connaître la nature humaine pour penser qu'il en sera autrement. Je n'en dis pas plus long sur ce point.

» Enfin, depuis vingt-six ans, je n'ai jamais vu une religieuse sale ou sentant le vin..........

» *Sait-on aussi ce qu'il en coûtera de laïciser les hôpitaux ?*

» *Le coût d'une religieuse est de 200 fr. par an, sans la nourriture et le logement en commun, le coût d'une laïque sans la nourriture séparée et le logement isolé est de 600 fr., soit 66 0/0 d'augmentation rien que pour le traitement en argent, et 300 logements à construire dans les hôpitaux......*

» Monsieur le Préfet, les véritables intéressés ne sont pas consultés. Qu'on fasse voter les malades au sortir de leur maladie, qu'on leur demande leur sentiment à l'égard du service hospitalier, qu'on les fasse voter au scrutin secret, s'ils aiment mieux les services d'une religieuse ou ceux d'une laïque, ils voteront pour la religieuse, et ce seront peut-être les mêmes qui, bien portants dans les réunions publiques et les ateliers, demandent avec le plus d'ardeur la destruction radicale des dieux, des églises et des prêtres. *comme nous voyons plusieurs de nos élus trouver les religieuses mauvaises pour les pauvres des hôpitaux lorsqu'ils sont réunis dans les assemblées, et prendre pour euxmêmes lorsqu'ils sont malades des sœurs qui, ils le savent, ne fouilleront, pas dans les tiroirs et ne se griseront pas.* »

Hein, quel coup de massue ! Tant il est vrai qu'on n'est jamais trahi que par ses amis. Quels sont, tas d'ergoteurs, les griefs que vous pouvez mettre en mouvement contre ces sœurs de charité ; ce n'est pas l'exemption du service militaire, ce n'est pas non plus l'acquisition à bon marché, d'un gîte souriant, car, de l'aveu de vos congénères, la position d'une servante à gages est de beaucoup préférable, mais vous avez peur de contempler votre face trigaude dans le miroir de leurs vertus. Ce serait désopilant, si ce n'était odieux. C'est un crime de lèse-humanité de récompenser par cette brutale exécution le dévouement de ces héroïques pionnières. Et on ne fait pas transpercer d'un fer rouge la langue de ces goîtreux ! Et on ne les entoure pas d'un carcan pour les conduire au pilori ! Oh ! France de Charlemagne !!! Kaperdulaboule a décidé lui aussi que les fonds destinés aux cérémonies religieuses dans les hôpitaux seraient à l'avenir consacrés à des fêtes profanes pour distraire les mourants.

Console-toi, galeux abandonné, les secours d'un prêtre manqueront aux instants de ton agonie, mais en revanche, les gaupes chargées de veiller à ton chevet iront, avec une humeur égrillarde, fêter au sein de lascives réjouissances, bien propres à te moraliser dans cette heure suprême, l'arrivée de ton dernier soupir, qui leur allègera la tâche. On parle, je le sais, de mesures oppressives exercées par les religieuses sur la liberté de conscience, mais il appert des enquêtes ouvertes à ce sujet que cette imputation est mensongère, et d'ailleurs serait-elle conforme à la vérité, les inconvénients me paraîtraient assez négligeables.

En effet, argumentons en forme — ce qui, entre parenthèse, se remarque peu souvent dans les élucubrations forcenées des conseillers municipaux, — ou l'autre vie existe ou elle n'existe pas. Si la négative est vraie, qu'auront à souffrir les défunts d'avoir cru à ces *bigoteries* ? Qui donc pourra leur en faire un crime et les châtier de ces superstitions ? Si au contraire les événements confirment la première hypothèse, comme s'obstinent à le croire, malgré les gigantesques évolutions du siècle vers l'idéal moderne, bon nombre de récalcitrants qui n'ont pas encore sincèrement correspondu à la grâce dont les silhouettes communardes de la Ville-Lumière inondent les prosélytes de la Marianne, la confession ne sera pas un bagage inutile et ces hiboux incorrigibles de l'ordre moral, à la rétine enfumée, qui se seront dérobés aux rayons lancés par la lanterne du citoyen Hovelocque, entreront au Ciel quand même. Est-il audacieux cependant ce *Grand Architecte* de se rebiffer contre les innovations actuelles, en admettant dans son Paradis des individus qui n'ont aucune empreinte du poinçon anti-clérical ! Il n'y a, du reste, rien d'étonnant, car, soit dit entre nous, je le soupçonne d'être réactionnaire, un tantinet. Peu soucieux du principe d'égalité, il domine avec sa foudre le reste des mortels ; les archives du gouvernement ne renferment pas le décret de son autorisation, voire même il se donne la licence de faire des miracles sans les faire apostiller par les commissaires de police et s'il faut en croire une sourde rumeur dont M. Constans aurait eu connaissance, pendant une oraison où il fut ravi au troisième ciel, son entourage nourrirait une malveillance très prononcée contre la République. Le besoin d'éduquer laïquement le Ciel est un de ceux qui s'imposent à la sollicitude du ministère, il faut ici employer la douceur, car un ukase de dissolution trouve récalcitrants les habitants de l'Olympe.

§ 3. — L'ENSEIGNEMEMT.

Inoculer l'esprit d'indépendance à la jeunesse est la plus sûre voie pour façonner les générations futures au moule de l'impiété ; aussi les francs-maçons, qui forment la majorité parlementaire et se pavanent dans les régions officielles, s'attachent de préférence à tendre cette corde ; les émeutes des lycées sont toujours favorables aux instigateurs, et l'heure approche où un piquet de soldats devra stationner en permanence dans les Universités pour y maintenir l'ordre. Ces intransigeants en herbe, parvenus à la maturité de l'âge, s'inclineront peut-être devant l'épée du gendarme, mais pour ce qui est de l'autorité doctrinale de l'Eglise, gare à qui en soufflera mot devant leur cocarde rouge. Les barbacoles se prêtent en général bénévolément à cette besogne, et pérorent à tout rompre sur le siècle humanitaire inauguré par l'épanouissement de la morale indépendante ; il leur tarde d'universaliser le *Journal des abrutis*, dont les lecteurs, on le sait, peuvent revendiquer l'abonnement gratuit, après une constatation médicale de gravelure intellectuelle et de décrépitude morale. Ils veulent idiotiser le peuple, car ce fut toujours leur but.

« Les Frères de la doctrine chrétienne, disait Lacha-
» lotais, un des précurseurs de la Révolution, qu'on ap-
» pelle ignorantins, sont intervenus pour achever de
» tout perdre : ils apprennent à lire, à écrire, à des
» gens qui n'eussent dû apprendre qu'à manier le rabot
» et la lime »…..

« Parmi les gens du peuple, il n'est presque pas né-
» cessaire de savoir lire et écrire qu'à ceux qui vivent
» pour ces arts ou que ces arts aident à vivre. »

Quelques jours après, Voltaire, qu'on regarde comme le fauteur du progrès intellectuel, lui écrivait :

« Je ne puis trop vous remercier de me donner un
» avant-goût de ce que vous destinez à la France…..

» Je trouve toutes vos vues utiles, je vous remercie
» de proscrire l'étude chez les laboureurs. »

Aujourd'hui l'étiquette du flacon a changé de couleur,
mais pour qui veut pénétrer au fin fond de toutes les
réformes présentes, le bout de l'oreille est bientôt
trouvé. En fait de sottise, les républicains n'en sont pas
à leur première exhibition ; mais cependant si nous leur
faisons l'honneur d'avoir conservé quelques vestiges
microscopiques de bon sens, on ne peut soupçonner en
eux l'idée arrêtée d'instruire le peuple pour le rendre
appréciateur de l'ineptie de leurs principes et de la
stupidité de leurs actes. Voici où ils veulent en venir :

De l'encanaillement en bloc de l'enfance résultera un
idiotisme général, un agrégat de renifleurs dont l'in-
conscience prêtera le flanc à l'oppression des tyran-
neaux. Les batteries se démasqueront pour cribler à
plate couture l'engeance abêtie qui n'aura pas entrevu la
pointe des épines derrière les corbeilles de fleurs et les
coupes de miel ; voilà pourquoi l'élément religieux est
supprimé, avec une acrimonie mal voilée, dans les pro-
grammes officiels ; on déconsidère le prêtre aux yeux
des candidats afin que, perdant le respect pour sa personne, ils ne se laissent désabuser aucunement par ses
objurgations. Quantité d'escobars, dont ceux de Gambetta sont la pâle imitation, ont usé leurs dents à
cette lime, mais quelques dindons pourris se laisseront
accrocher dans l'espoir de gonfler les tripes avec les ordures zéphyriniques, et cette capture ménagera les sus-
ceptibilités du grand prêtre Ferry. En étudiant la suite
des machinations tramées contre le catholicisme, nous
verrons se produire des actes qui figureraient avec
éclat au dossier d'un insigne brigand ; Cartouche et
Fra Diavolo ne les eussent pas récusés. Continuons d'en
examiner une des principales phases dans l'éducation,
telles que l'entendent nos charlatans ; ici j'emprunterai
des documents dignes d'une croyance absolue, à M. de
Mun, qui les a consignés dans une de ses conférences
publiée en brochure.

Le mois de février qui suivit son entrée en fonctions,
M. Jules Ferry écrivait au préfet de la Seine une lettre
dont j'extrais le passage suivant :

« Le premier point à considérer, sans aucun doute,
est l'opinion de la majorité des habitants. Il est toujours délicat dans un régime essentiellement représen-

tatif de la chercher ailleurs que dans la majorité de leurs élus. On a néanmoins organisé, sous forme d'enquête, dans un grand nombre de communes, la consultation directe des pères de famille. Cette procédure ne me paraît pour Paris ni praticable, ni nécessaire. »

Et pourquoi donc ? répondrai-je avec M. de Mun. Est-ce parce que le nombre des intéressés est plus grand et leurs droits plus manifestes que partout ailleurs, à cause de la situation spéciale que leur crée la gratuité des écoles ? Où plutôt n'est-ce pas par ce qu'on sait bien ce que l'enquête répondrait et qu'on n'en a pas besoin, en effet, car on est décidé à passer outre, à fouler aux pieds les droits les plus sacrés, à bannir tous les scrupules de la légalité pour se faire les très humbles serviteurs d'un conseil municipal qui compte des membres de la droite et qui ne représente pas la moitié des électeurs inscrits.

A quoi bon, Monsieur le Ministre, changer de fourrure et cacher les griffes du tigre en montrant patte de velours ; mettez-vous en oraison, la chose sera facile pour une âme si imprégnée de grâce que la vôtre, et après un retour sur vous-même, favorisé par les élans d'amour de Dieu et des jésuites dont votre cœur ne pourra contenir l'expansion, transportez-vous à cette diatribe dont retentirent les mille échos de la Clémente-Amitié où vous dénonciez le catholicisme « *comme l'embrigadement général de la sottise humaine.* » Saint Augustin, saint Thomas, Bossuet, Fénélon, Lacordaire, tout ça des obscurantistes trop honorés d'être les chambellans du courson de l'article 7. Des imbéciles ces fils de Loyola, dont les élèves, malgré les préventions hostiles des examinateurs, figurent au premier rang dans les écoles de l'Etat. Passe encore pour leur science, mais contesterez-vous, dira-t-on, l'ignorance des Frères ? On juge d'une cause par ses effets, jetons un coup d'œil sur les résultats de l'instruction laïque et congréganiste et la comparaison nous fournira les prémisses d'une conclusion certaine.

La ville de Paris met chaque année au concours un nombre, plus ou moins variable, de bourses pour ses établissements d'instruction primaire supérieure : les écoles Turgot, Colbert, Lavoisier, Jean-Baptiste-Say et le collége Chaptal.

Or, dans une période de trente années, de 1848 à

1878, sur 1,445 bourses mises au concours, 1,148 ont été obtenues par les Frères, 297 par les laïques, c'est-à-dire, en raison du nombre des écoles laïques, 79,44 %, pour les Frères, et 20,44 % pour les écoles laïques.

En 1878, 788 élèves de toutes les écoles ont pris part au concours. Sur les 339 élèves déclarés admissibles, 242 appartiennent aux 54 écoles des Frères, 97 aux 87 écoles laïques de garçons. Sur les 50 premiers, les Frères en ont 34, les autres sont pour les laïques. Ceux-ci n'ont que 17 admissibles sur les 100 premiers. La même année, les écoles laïques ont obtenu 852 certificats d'aptitude, c'est à-dire 8,78 % et les Frères 789, c'est-à-dire 14, 44 %, car il y a 133 écoles laïques contre 112 congréganistes. La somme de 739,600 francs suffisait à payer les congréganistes, mais depuis la transformation, le paiement du nouveau personnel *coûtera en plus la bagatelle de 940,320 francs.*

Le progrès des études et l'économique répartition des deniers publics sont, on le voit, les moindres soucis de ces jaboteurs. Le droit du père de famille est aboli de par la *République française*, organe officiel de l'opportunisme : « En dehors de l'individu et de la nation, il n'y a point de droit, » s'écrie-t-elle. Robespierre abondait dans ce sens : « La patrie seule, disait-il le 4 mars 1794, a le droit d'élever ses enfants, elle ne peut confier ce dépôt à l'orgueil des familles, ni aux préjugés des particuliers, éternel aliment de l'aristocratie et d'un fédéralisme domestique qui rétrécit les âmes en les isolant, et détruit avec l'égalité tous les fondements de la société. » La feuille bourgeoise n'est pas originale dans ses aperçus. Les manœuvres ataxiques et dévoyantes de la première et de la troisième République sont le commencement et la fin d'un même livre, la préface et l'épilogue. La disparition des croyances rétrécit le cercle des sympathies dont le cœur cherche toujours à reculer les limites, à la place viennent s'engouffrer des convoitises désordonnées dont le mirage trompeur colore *ad libitum* les devoirs sociaux, et conduit à la violation des droits les plus incontestables. Sans doute l'État peut dans quelques conjonctures sacrifier au bien public l'intérêt de plusieurs individualités : il n'est viable qu'à la condition d'être indépendant des velléités particulières, mais si l'action du pouvoir ne s'abrite derrière le sens commun et des lois sages, son rôle est conspué et dégénère en tyrannie, conséquence assez commune chez les Jacobins. « Un régénérateur, hurle Babœuf, doit voir en grand. Il doit faucher tout ce qui obstrue son passage, tout ce qui peut nuire à sa prompte arrivée, au terme qu'il s'est prescrit. »

Ces maximes machiavéliques servent de règle à nos ventripotents dans la laïcisation des écoles. Les parents qui tressaillent à la vue de cet enfants dont leur volonté a secondairement déterminé l'existence, de ce rejeton, trait copulatif de leurs sentiments, image vivante de leur amour inaltérable et pétrie de leur substance, n'ont-ils pas, après Dieu, la première place marquée dans la jouissance de cet être comme dans ses affections ? Et quand les mandataires d'un préfet viendront pour exproprier l'âme de ce fils chéri, pour l'initier aux rites des sectes maçonniques : Arrêtez, s'exclameront-ils, déclinez vos titres, sont-ils plus péremptoires que les nôtres ? Avez-vous fait croître un seul de ses cheveux ? Exigez un tribut de son corps, les gendarmes le protègent contre ses ennemis ; mais l'âme de notre fils, c'est notre fils tout entier, son avenir sur la terre, son éternité dans l'autre monde, nos droits sur son éducation sont inaliénables et vous ne les ravirez qu'en passant sur notre corps. Ce serait là le langage de la nature plaidant en faveur d'une vérité immortelle et de droit divin.

Les théories sont faciles à échafauder au coin du feu, les châteaux en Espagne voguent à pleines voiles sur l'onde limpide de l'imagination, mais le dégorgement écumeux d'une cervelle oncques n'ébranlera les fondements qui furent toujours le palladium de la société. Les compagnons de Lafayette, engoués d'un amour fébrile du Contrat social, essayèrent d'en implanter les préceptes chez les sauvages errants des bois de l'Amérique ; le lieu certes se prêtait admirablement à la floraison de leurs utopies, néanmoins les plantes s'étiolèrent avant la maturité dans ce fertile terroir. Quand le nègre sentit son courage s'abîmer dans l'épouvante d'une tempête soulevée par les fureurs de l'ouragan, quand, au bruissement des feuilles, dans les forêts vierges, se mêlèrent les rugissements des bêtes féroces, il éprouva le besoin de fortifier son audace en se rapprochant de ses semblables et de prendre une compagne qui lui donnât des enfants capables de le seconder dans les luttes pour la vie quotidienne. Des battements inaccoutumés du cœur, sous cette rude écorce, insensible aux intempéries des saisons, révélèrent son amour pour la famille et il apprit ainsi à la respecter chez ses compagnons.

Rousseau niait que l'existence de la société fût fondée sur le droit naturel, et les socialistes donnant dans le travers opposé, y absorbent et centralisent tous les autres droits. Les tribus nomades qui sur leur parcours profitent de l'absence des maris pour enlever femmes et enfants, le tigre et la panthère du désert, qui figent une griffe meurtrière dans la chair d'un malheureux faon, le boa constrictor qui fond sur la jeune gazelle et l'étouffe dans ses impitoyables replis, voilà tout autant de recrues du socialisme universel et du brigandage universel, autrement dit du système qui fait primer le droit par la force. Louis Blanc peut se flatter de ces fervents disciples qui savent joindre la pratique à la théorie.

« Les enfants appartiennent à la République avant d'appartenir à leurs parents, disait Danton. » L'Etat confisquera la liberté d'enseignement pour former les enfants aux maximes suivantes : « La pudeur a été inventée par les femmes mal bâties. » Yves Guyot, ancien rédacteur du *Bien public*.

« Vous ne parviendrez jamais à faire des sages si vous ne faites d'abord des polissons. » Rousseau.

« Plus de cette instruction bâtarde, faussée, basée sur des dogmes surannés..... Plus de cette instruction qui nourrit l'esprit d'aliments pernicieux, de croyances ridicules ou dangereuses, malsaines, abrutissantes, humiliantes. Plus de cette instruction qui commence par l'Histoire Sainte et qui finit par le miracle de la Salette. » Discours du frère Charpentier, à la loge des Amis de l'ordre.

« La Bible est le code de l'immoralité, et aussi bien pour l'enfant que pour l'homme elle doit cesser de faire partie de l'instruction. » Discours de Murat, au congrès tenu à Bruxelles en 1868 par l'Internationale.

« On doit proscrire les écrivains comme les plus dangereux ennemis de la patrie. » Robespierre.

« La morale sera enseignée laïquement, tous les dimanches obligatoirement et même plusieurs fois dans le cours de la semaine, s'il se peut ; l'instituteur de chaque commune devra lire aux habitants réunis, soit dans l'école, soit ailleurs, les principaux articles insérés au *Bulletin de la République*, propagande éminemment moralisatrice, » et plus loin : « Quand vous aurez à faire appel à l'énergie d'hommes élevés par de tels maîtres (congréganistes), quand vous leur parlerez de leurs devoirs de citoyens, vous vous trouverez en face d'une espèce humaine débilitée. » (Gambetta, discours de Saint-Quentin).

A côté de ces furibondes invectives contre l'enseignement religieux, qu'on ne saurait réfuter directement sans retrousser les manches, citons l'avis, en pareille matière, d'autres personnes qu'on ne pourra certes taxer de cléricalisme, mais qui savent comprendre les véritables intérêts du peuple et ont le courage d'avouer leurs convictions.

« La religion ! La religion ! c'est la vie de l'humanité en tous lieux, sauf quelques jours de crise terrible et de décadence honteuse. La religion pour contenir ou combler l'ambition humaine, la religion pour nous soutenir ou nous apaiser dans nos douleurs, celles de notre condition ou celles de notre âme. Plus le mouvement social sera vif et étendu, moins la politique suffira à diriger l'humanité ébranlée. Il faut une puissance plus haute que les puissances de la terre, des perspectives plus longues que celles de la vie. Il y faut Dieu et l'éternité. » Guizot, protestant.

« Tout système qui place l'éducation religieuse sur l'arrière-plan est un système pernicieux. » Gladstone, chef du parti libéral en Angleterre.

« La religion est, à nos yeux, la base la meilleure et peut-être même la base unique de l'instruction populaire. » Cousin, dont tous les livres, sauf un, sont à l'index.

« La philosophie moderne a ébranlé les fondements de toutes les croyances religieuses. L'esprit humain arraché imprudemment aux opinions sur lesquelles il reposait depuis tant de siècles, ne sait plus où se prendre et où s'arrêter. L'absence de la religion laisse un vide immense dans les pensées et dans les affections de l'homme, et celui-ci, toujours extrême, le remplit des plus dangereux fantômes, à la place d'un merveilleux sage et consolant, adapté à nos premiers besoins. Ainsi,

l'homme en devenant incrédule, n'en sera que plus aisé-
ment précipité dans la superstition ; il portera jusque
dans l'athéïsme même le besoin des idées religieuses qui
est une partie essentielle de son être, et qui doit toujours faire son bonheur ou son tourment ; il abusera de
ses propres sciences, en y mêlant les plus monstrueuses
fictions, il divinisera les effets physiques et les énergies
de la nature, on le verra retomber dans un absurde
polythéïsme ; en un mot, il sera disposé à tout croire au
moment où il dira fièrement qu'il ne croit rien. Il est
temps que la véritable philosophie se rapproche, pour
son propre intérêt, d'une religion qu'elle a trop mécon-
nue et qui peut seule donner un essor infini et une
règle sûre à tous les mouvements de notre cœur. Il faut
laisser des aliments sains à l'imagination humaine si
on ne veut pas qu'elle se nourrisse de poisons. » Bonnet,
précurseur de Condillac.

« Qu'est-ce donc que ce monde et qu'y venons nous faire,
Si pour qu'on vive en paix il faut voiler les cieux ?
Passer comme un troupeau les yeux fixés à terre
Et renier le reste, est-ce donc être heureux ?
Non, c'est cesser d'être homme. »

Alfred de Musset, *Espoir en Dieu.*

« Quand vous voyez, dit Voltaire, la raison faire des
progrès prodigieux, mais seulement au moment de la
prédication de l'Evangile, regardez la foi comme une
alliée qui doit venir à votre secours et non comme un
ennemi qu'il faut attaquer. Osez la chérir et non la
craindre » ; et encore (je livre ceci aux méditations de
l'ex-dictateur de Tours) : « La religion produit dans les
âmes qu'elle a pénétrées, un courage supérieur, et des
vertus supérieures aux vertus humaines..... Soumet-
tre notre raison, non par une crédulité aveugle, mais
docile et que la raison même autorise, telle est la foi
chrétienne. »
« Qui ne le sent plus évidemment que nous, s'écrie
Montaigne, en parlant de la faiblesse de la raison, car
encore que nous lui ayons donné des principes certains
et infaillibles, encore que nous esclairions ses pas, par
la sainte lampe de la vérité qu'il a plu à Dieu nous
communiquer, nous voyons pourtant journellement pour
peu qu'elle se démente du sentier ordinaire, et qu'elle

se détourne ou escarte de la voye tracée et battue par l'Eglise, comme tout aussitôt elle se perd, s'embarrasse et s'entrave, tournoyant ou flottant dans cette mer, vaste, trouble et ondoyante, des opinions humaines sans bride et sans but ; aussitôt qu'elle perd ce grand et commun chemin, elle se va divisant et dissipant en mille routes diverses. » *Essais*, liv. XXXI, chap, XII.

Ces aveux arrachés à l'incrédulité, aux coryphées de sectes hostiles, quoique à différents degrés, à la religion catholique, constituent un des plus beaux fleurons de sa couronne immortelle, dont le pourtour enlace les intelligences qui s'épuisent en vains efforts pour franchir cette barrière d'airain ; ses dogmes sont un cauchemar pour les impies même lorsqu'ils se vantent d'avoir secoué leur joug. Immuable comme le Dieu dont elle procède, elle voit poindre l'aurore où les incrédules, revenus de leurs égarements, iront reposer sur son sein contre lequel leurs flèches se sont émoussées. Si dans un moment de débauche, dans le délire d'une ivresse causée par cet esprit de feu distillé à l'alambic de l'enfer, l'instinct du surnaturel naufrage dans la tourmente de nos appétits déréglés, ce n'est là qu'une anomalie transitoire, l'ivraie se sépare du bon grain dans le crible d'une investigation réfléchie, à tête reposée. Non, l'athée n'existe pas, les grandes vérités sur notre origine et notre fin s'imposent forcément à tous les esprits. Quelqu'un fit-il jamais une guerre plus opiniâtre au christianisme que Diderot. « Les peuples, disait-il, ne seront heureux que lorsque le dernier roi sera étranglé avec les boyaux du dernier prêtre. » L'affinité diabolique peut seule expliquer comment après cela il faisait une leçon de catéchisme à sa fille et devant ses amis.

Si jamais le triangle maçonnique venait à supplanter entièrement la croix dans cette terre arrosée par le sang et les larmes des martyrs, la France cesserait de compter dans le monde comme nation. L'immoralité suit nécessairement l'impiété, et quand l'édifice moral croule dans un pays, c'en est fait de son indépendance. La Révolution qui professait publiquement l'irreligion, vit les mœurs de la Régence s'étaler à découvert à l'ombre des églises désertes et sous les arceaux des couvents dévastés, et le général Bonaparte n'eut qu'à donner un coup de botte pour faire crouler ce bataclan gangrené et avachi. Les vertueuses feuilles de l'anticléricalisme aiment à s'élever contre les corruptions de l'Empire. C'est cependant l'Empire qui le 16 mai 1868, supprima et condamna à la destruction les infâmes *Mémoires de Casanova*. Il fallait notre République pour voir rééditer publiquement, par des éditeurs peu scrupuleux quand il s'agit de matières fécales, ces écrits scandaleux que tous les gouvernements précédents avaient voués au tison du bourreau. On n'a pas entendu parler de poursuites. Pourquoi ? Parce que cette littérature immonde est de la propagande ministérielle au premier chef. Il est sûr que tout esprit nourri de ces vilénies est de ceux qui ont crié : Vivent les décrets. Aussi voyons-nous M. Hérold, préfet de la Seine, donner, sans réserve, son autorisation aux statuts de la *Propagande anticléricale*. L'article VI ainsi conçu : « Les souscripteurs perpétuels et les membres actifs recevront gratuitement la *Semaine anticléricale*, organe officiel de la société. » Or, ce journal patronné par la permission expresse du ministre de l'intérieur en la personne de ses subordonnés, peut être considéré comme le grand égoût collecteur de toutes les ordures antireligieuses qui traînent dans les recueils, depuis les pamphlets de la *Réforme* jusqu'à la pituite quotidienne que le colportage répand sur toute la surface de la France.

L'histoire la plus moderne comme la plus ancienne prouve que les attaques systématiques aux croyances religieuses aboutissent toujours à des attaques aux bonnes mœurs. Au XVIII° siècle la même main qui rédigeait le *Dictionnaire philosophique*, écrivait la *Pucelle*. De nos jours, tous les littérateurs de marque qui ont affiché des airs d'impiété, comme Sainte-Beuve et Michelet, ont laissé des pages d'un érotisme abject sous leurs cheveux blancs. Hier, enfin, le lettré délicat, qui s'est rendu tristement célèbre par cette *Vie de Jésus* qui est devenue la bible de nos anticléricaux, publiait pour les gourmets de jolies phrases, un livre, l'*Eau de Jouvence*, où il a mis tout son talent, je veux dire tous ces sophismes usités contre Dieu, contre l'Eglise, contre les saints, contre l'immortalité de l'âme, et aussi toutes les contradictions, sans en omettre une seule, par lesquelles il paraît quelquefois vouloir défendre ce qu'il attaque et donner un baiser à Jésus en le souffletant. Je demande quel besoin se faisait sentir à ce lettré, à ce savant, à cet hébraïsant, farci, par dessus le marché, de miettes d'astronomie, de physiologie et de physique, de mettre en scène la maîtresse et le bâtard d'un pape ; à côté d'eux, des religieuses qui sont des courtisanes, un cardinal faisant l'éloge de la prostitution. Est-ce au nom de la science ? Est-ce pour convaincre son lecteur de la solidité de son érudition ? Est-ce pour mieux prouver à l'Académie française combien a été heureux le choix qu'elle a fait en l'admettant parmi ses membres. Non, ce défroqué n'a fait que suivre la pente fatale où glisse tôt ou tard l'impiété à outrance. Aux blasphèmes anticléricaux donner pour commentaires des scènes plus qu'équivoques dont les demi-teintes sont assez transparentes pour affriander les amateurs de contes grivois et de dessins obscènes, quel sel ! quel ragoût ! quel piment ! Comme le moment est choisi avec un généreux à-propos pour peindre des papes rabelaisiens et des nonnes à la Robert le Diable ! Mais ainsi le veut la logique qui fait toujours sortir l'immoralité de l'impiété. L'Arétin traînant, après la composition du *Dialogue de Madeleine et de Julie*, sa misérable vieillesse dans de sales intrigues pour finir sa vie dans un lupanar ; Voltaire dévorant ses excréments avec rage sur son grabat mortuaire ; Lamennais avili par la décrépitude mentale au déclin de son existence et ignoblement outragé par Georges Sand dans le paroxysme d'une débauche infernale ; Hégésippe Moreau décati par l'absinthe, et périssant dans un hôpital, digne récompense de ses ouvrages nauséabonds et impies , où il s'était plu à décrire les mauvais côtés de la nature humaine....., n'y a-t-il pas là de quoi faire trembler l'hydre aux mille têtes de l'irréligion et ceux qui l'alimentent secrètement ?

Ce que des paillards écrivent, ce que M. Hérold, homme privé, peut penser dans son for intérieur, est-il permis à M. Hérold, homme politique, homme du gouvernement, de le laisser enseigner, à plus forte raison d'aider à le propager et à le défendre. Frédéric II et Catherine II étaient loin d'être catholiques, ils l'ont assez prouvé ; mais il y avait en eux l'étoffe de politiques de premier ordre. Cela suffit pour expliquer la conduite du libertin de Postdam et de sa royale complice de St-Pétersbourg qui accueillaient les Jésuites chassés de France. Le même Frédéric II étonnait par sa tolérance les catholiques de Silésie ; cet athée sans pudeur faisait du christianisme la base de l'enseignement primaire, et s'il eût trouvé sur les lèvres d'un olibrius quelconque la moindre apparence du système élaboré par M. Ferry, il n'eût pas hésité à l'incarcérer dans la forteresse de Spandau pour méditer les conditions essentielles de la moralité, c'est-à-dire de la vie d'un peuple. Napoléon Ier, qui avait vu le Directoire, conclut du spectacle qu'il avait sous les yeux, à la nécessité de faire le Concordat; puis, quand il fonda l'Université, de lui donner pour fondement la religion catholique. Ce n'est pas lui qui, comme M. Hérold, aurait, au nom du gouvernement, accepté en principe l'expropriation de l'église du Sacré-Cœur pour cause d'impiété publique. Il eût traité de la belle manière cette proposition présentée par un athéisme maniaque. C'est lui qui ne craignit pas, dans une lettre publique, de déclarer atteint d'aliénation mentale le célèbre Lalande parce qu'il se déclarait athée.

Pères de famille, vous connaissez maintenant les théories professées, ou à la veille de l'être, dans les écoles laïques, et j'ai le droit de suspecter votre amour paternel si vous persistez à y faire élever vos enfants. N'y a-t-il pas assez de victimes avec les fils des employés qui, sans conscience d'autre devoir que de satisfaire leur chef et d'acquérir des titres à sa bienveillance par la raffinerie de la persécution, nourrissent leur corps aux dépens de leur âme? Dans les cours d'assises, dans les bagnes, à la Nouvelle-Calédonie, dans les rangs des fédéralistes, on en verra bon nombre figurer en dignes émules des Troppmann, des Billoir, des Lebiez, des Prévost et des Pierre Lemaître. Sans doute de pareils exemples seront rares, mais ce qui ressort des statistiques c'est que les tristes garnements ne se recrutent pas en majorité dans les écoles congréganistes. Quand viendront les épreuves et les difficultés de la vie, pour ces âmes vides de convictions religieuses, quand les passions se seront allumées dans leur cœur, quand les rigueurs de la misère les laisseront sur le pavé, couverts de fétides haillons, en butte aux tortures de la faim, sans aucun baume adoucissant, ils rejetteront sur la société la cause de leur infortune, tous les moyens de subsistance leur paraîtront licites, et au besoin ils auront recours au revolver et au coutelas.

La jeune fille, élevée au couvent, ou par une mère chrétienne, contrebalançait l'incrédulité du père, mais l'Assemblée a voté l'institution des lycées féminins pour corrompre l'intelligence et les aspirations de la femme.

M. Ferry a ensuite proposé l'enseignement laïque gratuit et obligatoire. Nous avons vu la valeur de l'enseignement laïque ; quant au gratuit, ce n'est qu'un leurre de nos charlatans, car, selon la remarque de Mgr Freppel, il tourne au détriment des classes indigentes. Les bienfaits de l'instruction n'entraînaient jusqu'ici aucune dépense pécuniaire, tandis qu'avec le nouveau mode de rétribution, les centimes additionnels frapperont le moindre coin de terre et la plus étroite mansarde. Désormais, les parents qui voudront se réserver l'éducation de leurs enfants, seront soumis à la surveillance d'un sergent de ville chargé de veiller au strict accomplissement de leur métier et cela au nom de la liberté.

Par ordre du président du Conseil, M. Hérold a fait enlever des écoles, en plein jour et au milieu de la stupeur des élèves, les croix et autres insignes religieux appendus aux murailles, *on a même brisé les crucifix qu'on a profanés et jetés dans un tombereau.* M. Buffet a réclamé au Sénat contre cette infamie, le pieux ministre a répondu qu'il n'y avait pas là de quoi fouetter un chat ; sa créature, auteur plus immédiat du sacrilége, déclare qu'il n'a qu'un regret, c'est qu'on ne puisse pas faire plus pour déchristianiser les élèves. La Haute-Chambre, contrairement à ses habitudes, a infligé une verte leçon à ces vampires, en déclarant, par 76 voix de majorité, qu'elle « regrette l'acte commis. » Au mépris de tous les usages parlementaires, les honorables blakboulés n'ont pas pour cela démordu de leur cabinet, ces souffletades les racoruissent et lorsque pochés au côté droit la rupture de l'équilibre va les précipiter dans l'abîme, une pilule nouvelle les redresse du côté gauche et les ravigote.

Ces odieuses menées préparent de beaux jours à la patrie.

« Peuple, disent les Taxilistes, il n'y a pas de paradis à espérer, il te faut une compensation : eh bien, use de la seule joie qui convienne aux simples, amuse-toi, soûle-toi, énivre-toi. » « Un peuple athée, disait le plus

2

grand capitaine des temps modernes, on ne le gouverne pas, on le mitraille ; » ce serait presque justice. Assez longtemps, descendants de Caïn, l'erreur s'est promenée triomphante dans nos régions, assez longtemps ses autels ont fumé d'un encens imposteur ; si vos ancêtres n'ont pu procurer à leurs projets d'autre assiette qu'un sable mouvant, n'est-ce pas un indice palpable de leur inanité ?

§ 4. — LES DÉCRETS.

« Dans les Etats où tout est perdu, désespéré, dit Cicéron, dans un texte plein d'à-propos pour notre époque, la dernière des calamités est de voir les condamnés réhabilités, les prisons ouvertes, les exilés rappelés, les jugements cassés. Quand ces maux surviennent il n'y a personne qui ne comprenne que la République est perdue, qu'il n'y a plus d'espoir de salut. » Ce que le grand orateur ne vit pas à Rome, dans sa complète réalité, il l'eut vu en 1880. Cette année aura pour différence spécifique le crêpe noir qui cerclera son front d'un anathème indélébile. Pendant que les assassins des généraux Lecomte et Thomas, les déboulonneurs de la colonne Vendôme et les incendiaires des Tuileries rentraient en France pour y préparer la revanche de la Commune, la crème des honnêtes gens en était expulsée. Lucifer avec ses bataillons, ont dû entonner avec leurs gosiers brûlants l'hymne de la victoire, entrecoupé par les hourrahs en masse et les soupirs joyeux des damnés, heureux de voir des ministres si ardents à enrégimenter le contingent de leurs compagnons de souffrances. Ah ! gouvernants voltairiens, vos fibres roidies et desséchées par la haine se sont harmonisées en cadence sous l'impulsion de l'ange des ténèbres, pour croasser les accents empourprés du triomphe satanique. Les exploits du sinistre pompier de Toulouse méritent d'être conservés au Panthéon des gémonies. Que son nom gravé à la coupole par Céléno, y soit cuvé par l'elixir des vidanges, qu'il projette son ombre gluante sur la mémoire de ceux que la lèpre d'une jeunesse cagnarde et orageuse arma contre les lois du pays. Voltaire, du moins, arrosait des agréments de l'esprit le fiel de ses sarcasmes. Mais votre méchanceté purule de l'abrutissement. Bête dans son origine, bête dans ses manifestation's, bête dans sa fin, elle coudoie par un triple point de contact les confins du ridicule et de la folie ; impuissante à exciter l'hilarité parmi vos adeptes, trop opiniâtre pour inspirer la commisération dans les rangs des catholiques, elle flotte dans un embolisme hybride défiant les qualificatifs, Ah malheureux! si, comme Tertullien avec sa mâle éloquence le disait aux empereurs romains, les chrétiens se soulevaient comme un seul homme et arboraient l'étendard de la révolte, prêts à revendiquer par les armes le droit commun, vous seriez effrayés de leur nombre et cette arrogance césarienne se changerait incontinent en humilité suppliante. Il y a en France une poignée d'incroyants qui veulent dicter des lois à l'immense majorité catholique. La séquelle de Gambetta a fait beaucoup de vacarme pour justifier les décrets ; les paperasses vermoulues, poudreuses ont été déterrées, minutieusement épluchées, et on n'eut pas rétrogradé devant l'interpolation d'un texte de loi si l'imprimerie n'en avait vulgarisé les exemplaires. Ce sont des matadors à ne pas s'effrayer de semblables vétilles. Force leur a été, vu l'incompatibilité de cette fraude avec l'état des choses, de battre la campagne en dénaturant le sens de chaque texte, et en le tronquant, au besoin, par l'omission des parties restrictives. La presse conservatrice a démasqué tous ces tours de bilboquet et les esprits que n'aveugle pas le parti pris d'anticléricalisme conviennent, nonobstant les algarades opportunistes, de l'illégalité patente des décrets.

Deux commissaires du gouvernement, deux membres du tribunal des conflits, un auditeur au conseil d'Etat, un avocat général à la cour de cassation, trois procureurs généraux, trente avocats généraux, vingt-six substituts du procureur général, cent soixante-seize substituts du procureur de la République, soixante-seize procureurs de la République, quarante-trois juges de paix, treize juges d'instruction, trente-six juges suppléants, deux présidents du tribunal civil ont démissionne à l'occasion de ces décrets pour ne pas tremper, par une approbation tacite, à la honte qui rejaillit à flots sur la tête des sbires de Constans. Cet imposant cortège de magistrats a été suivi par MM. de Barral, Brac de la Perrière, d'Ormessan, Henri Desains, Pradelle, le marquis de la Ferronays, etc... tous possesseurs de places lucratives.

Ce n'est donc pas un mince critérium du détritus accumulé par la République dans notre pays, que cette boue lancée à sa figure par ces magistrats fièrement drapés dans le cycle d'une carrière sans tâche et qui en dépit des menaces et de l'épée de Damoclès que les montagnards font miroiter devant leurs yeux, conservent sous les plis majestueux de leur toge le dépôt commis à leur garde, sans en abandonner une parcelle, pour calmer l'orage grondant sur leurs têtes, et se déclarent compétents dans leurs ordonnances. Tous ces employés qui se retirent, au risque de voir le dénûment assiéger leur chaumière en s'écriant : *Non possumus*, nous ne pouvons pas ; quelle estocade ! quelle grandeur d'âme ! quelle dignité. Ces officiers ont enfoncé le dard de la réprobation dans le cœur de nos gypaètes qui, braves comme l'acier de leur sabre, trop patriotes pour survivre dans leur costume officiel au déshonneur des troupes, n'ont pas consenti à courber leur front, ridé par les cicatrices, sous les Fourches-Caudines d'une avanie. Et qu'on ne nous dise pas que ces manifestations hostiles visaient à discréditer le pouvoir et à produire une réaction violente en faveur des régimes déchus, car le mobile de l'abnégation prend sa source autre part que dans les antipathies constitutionnelles. C'est le sentiment du droit violé, de l'effronterie érigée en reine qui a déterminé l'explosion spontanée de ce dégoût presque universel, et nous allons le prouver par l'exposé de solides consultations émanant des sommités de la jurisprudence, où il est péremptoirement démontré que dans l'application des décrets, toutes les lois ont été foulées aux pieds.

« Sous une législation bien faite, a dit Montesquieu, on ne peut attenter à un seul droit sans miner du même coup l'édifice entier de la loi. »

« Constatons à l'honneur de la législation française, mais à la honte de ses violateurs, que les décrets du 29 mars sont en contradiction flagrante avec tous les *droits* et toutes les *lois*. »

« Contraires au *droit naturel* en portant atteinte à la liberté de conscience » à la « la liberté individuelle » aux droits « des pères de famille » ;

« Contraires au *droit des gens* en méconnaissant les conventions du Concordat » qui assure le *libre* exercice de la Religion (art. 1) ;

« Contraires au *droit public* de toutes les sociétés

modernes à savoir : la « séparation des pouvoirs » (les questions de liberté individuelle et de propriété ressortissant exclusivement aux tribunaux civils) ;

« Contraires spécialement à notre *droit constitutionnel* qui garantit formellement « l'inviolabilité du domicile et de la propriété » (art. 3 § 11), « la liberté d'association » (art. 8), la « liberté d'enseignement » (art. 9) et prohibe la « confiscation » (art. 12) ;

« Contraires au *droit civil*, soit en disposant arbitrairement des « propriétés » privées ; soit en expulsant des « locataires » porteurs de baux réguliers ; soit en dissolvant d'office des « sociétés civiles » constituées conformément aux lois ;

« Contraires au *Code de procédure* en employant des moyens d'exécution de fantaisie ;

« Contraires au *Code de commerce* en ruinant des « industries » que les religieux, trappistes, chartreux, etc., ont assurément le « droit » d'exercer pour vivre, ou en détruisant des associations « tontinières » formées sur la foi de la loi du 25 juillet 1867, et du décret du 22 janvier 1868 ;

« Contraires au *Code d'instruction criminelle* en supprimant les garanties de « l'instruction » en faisant grief de prétendues « tendances hostiles » non qualifiées par le législateur, et d'ailleurs non qualifiables ; en attribuant enfin à l'administration des droits qui compètent à « l'autorité judiciaire seule » ;

« Contraires au *droit pénal*, en infligeant la « peine » avant d'avoir fait reconnaître la contravention par les *juges compétents* (ce qui est violer la loi doublement) ; en agissant par voie de règlementation générale contre toute une *catégorie* de citoyens, sans comparution, sans débats quelconques, et au mépris de l'art. 291 § 2, qui « autorise expressément la vie en commun pour tous » ;

« Contraires au *droit administratif* qui consacre le principe déposé dans l'article 35, c'est-à-dire : que nul ne peut être privé dans sa propriété sans une juste et préalable indemnité (loi du 3 mai 1841) et interdit à l'administration de déposséder personne sans l'intervention des juges de droit reconnu. »

« Contraires aux *lois de compétence*, qui, en vertu même de la séparation des pouvoirs, édictent des peines sévères contre les fonctionnaires qui ont ordonné ou fait des actes attentatoires à la liberté individuelle, soit au droit des citoyens, et qui défendent de jamais élever le conflit quand il s'agit d'une poursuite au criminel dirigée contre un fonctionnaire coupable ;

« Contraires aux *lois spéciales* en matière d'enseignement, qui veulent que les maîtres reconnus capables, après épreuves subies, ne soient déchus du droit d'enseigner que pour cause « d'indignité »...........

« Contraires enfin au *sens commun* en prétendant imposer aux religieux une situation privilégiée alors qu'ils veulent rester dans le droit commun, en vertu même du principe d'égalité des citoyens devant la loi. »

FERDINAND NICOLAY,
Avocat à la Cour d'appel de Paris.

« Voici l'inéluctable dilemne qui écarte en toute hypothèse la dissolution par voie de haute police.

Ou l'association à domicile commun est licite ou elle ne l'est pas.

Si est licite elle ne peut être dissoute par aucune autorité.

Si elle est illicite, elle ne peut être dissoute que par le tribunal correctionnel, suivant les formes et sauf les recours déterminés par la loi.

1° En résumé, la liberté individuelle, l'inviolabilité de domicile, le respect de la propriété, sont placés, en vertu du droit public français, sous la sauvegarde des lois et des tribunaux, en dehors et en dessus de l'atteinte du pouvoir exécutif.

2° Il faut un jugement de condamnation, en vertu d'un texte de loi pénale, pour que la surveillance de la haute police puisse s'exercer sur un Français.

3° Il faut perdre la qualité de Français ou ne l'avoir jamais acquise pour être placé sous le droit de haute police qui permet d'expulser l'étranger du territoire français.

4° Il faudrait un texte de loi formel, et ce texte n'existe pas, pour mettre hors la loi commune des Français dont les droits individuels n'ont subi aucune atteinte.

5° Ce qui trompe les esprits prévenus ou superficiels, c'est la confusion entre les règles du droit civil et du droit pénal. Entre l'existence légale qui confère le privilége de la personnalité civile à l'être collectif, et la prohibition pénale qui constitue les personnes associées en état de délit, il y a toute la distance qui sépare une faveur d'un privilége. Les membres des communautés religieuses ne peuvent encourir des peines parce qu'ils ne réclament pas de faveur.

Ils sont libres de se contenter du droit commun.

Tel est l'état du droit en vigueur.

Que si le régime du droit commun, si conforme pourtant à l'esprit de nos institutions, à l'état de nos mœurs, aux principes de liberté et d'égalité, qui forment la base de notre droit public et privé, et qui sont l'expression des tendances les plus accentuées de notre caractère national, constitue, en matière d'association religieuse, un danger pour les familles et l'Etat, qu'on propose une loi au Parlement.

Le pouvoir arbitraire est le moins sûr gardien de la sûreté publique ; il est aussi funeste aux gouvernements qui l'exercent qu'aux particuliers qui le subissent.

Une loi et des juges, *Forum et jus.*

C'était la devise du plus illustre avocat des temps modernes. C'est aussi la devise des véritables amis du droit et de la liberté: »

Délibéré à Caen, le 28 juin 1880.

DEMOLOMBE, *Doyen de la Faculté de Caen.*

Ces mémorables revendications de la liberté avaient été précédées de celle de Mᵉ Rousse, ancien bâtonnier de l'ordre des avocats de Paris, à laquelle ont adhéré plus de 2.000 de ses confrères, elles préannihilent les arguties intéressées que le parti inverse a piteusement inventées et derrière lesquelles il s'est retranché.

Je ne me propose pas de raconter toutes les scènes odieuses qui se sont produites lors de l'expulsion des religieux ; le cadre de cet opuscule ne comporte pas ces longs récits, mais il ne sera pas hors de mise de transcrire, ici, un fragment d'un article publié par l'*Univers* sur les turpitudes auxquelles a donné lieu l'exécution des décrets dans la rue de Sèvres. C'est le cas de dire : *Ab uno disce omnes*, encore ceci n'est que le côté brillant de la médaille :

« Ce matin, à trois heures quarante-une minutes, les commissaires de police se sont présentés à la maison des RR. PP. Jésuites de la rue de Sèvres, munis d'un arrêté ordonnant l'évacuation de la maison. La porte extérieure était ouverte. En pénétrant, les agents de M. Andrieux se trouvèrent en face de M. le baron de Ravignan, sénateur, président du conseil d'administration de la société civile à laquelle appartient la maison de la rue de Sèvres. L'honorable sénateur fit connaître ses titres et ses qualités, en déclarant que le P. Pitot, supérieur de la maison, était administrateur de la société, que pour lui il entendait être respecté dans sa propriété, et qu'il protestait contre la violation, ajoutant que la porte ne serait pas ouverte, et qu'il faudrait employer la force pour entrer. Après sa noble et ferme protestation, l'honorable sénateur, très ému de cette scène de violence, ne put retenir ses larmes.

Le R. P. Pitot déclara de son côté, que ses frères les religieux et lui étaient là dans leur domicile, que nul ne pouvait légalement les en chasser, qu'il protestait aussi et que ses frères et lui ne sortiraient de la maison que chassés par la force.

Là dessus, les commissaires de police firent entrer les agents municipaux. Sommation d'ouvrir ayant été faite et renouvelée sans résultat, les commissaires durent requérir un serrurier pour ouvrir la porte. M. de Ravignan protesta de nouveau contre l'acte qui allait s'accomplir, se réservant d'agir, en vertu de ses droits, contre ceux qui avaient donné les ordres, et ceux qui les exécutaient, et par trois fois il somma le serrurier de ne pas se rendre complice de la violation de son domicile. Celui-ci, tout interdit, ne répondit pas. La serrure fut forcée après trois quarts d'heure de travail.....

Chaque Père était enfermé dans sa cellule en attendant l'expulsion. Le premier dont la chambre a été violée est le R. P. Marin. Sur son refus d'obtempérer à l'injonction de sortir, le commissaire le fit empoigner par ses agents. La même scène s'est produite dans chaque chambre. Chacun des Pères a refusé de sortir et le même ordre d'expulsion a été donné. L'expulsion du P. Hus, vieillard de soixante-dix-huit ans, ancien supérieur de la mission de New-York et de Cayenne, a donné lieu à une scène des plus touchantes. Enfermé chez lui, il refusa d'ouvrir. Le serrurier dut encore enfoncer cette porte.

» M. de Ravignan qui suivait avec les témoins et les amis des jésuites, protesta de nouveau, en donnant encore lecture des articles du Code pénal qui garantissent

les particuliers contre les abus de pouvoir des fonctionnaires. Traqué dans sa chambre, il refusa de sortir, di-
sant qu'il était vieux et infirme.

» Là dessus, M, Clément ordonna de le faire sortir
par force ; deux amis le prennent par le bras pour l'aider à se lever : « Non, Messieurs, leur dit-il, ils me
sortiront de force ». Les agents l'enlèvent sur sa chaise
pour le porter dehors. Le R. P. supérieur s'avance
alors et dit aux commissaires : « Comment traiter ainsi
un vieillard qui a passé sa vie à soigner les forçats de
Cayenne, et qui y a contracté ses infirmités ! » Puis il
se jette à ses genoux pour lui demander sa bénédiction.
Le P. Hus s'excuse ; le Père supérieur insiste. Tous
les assistants se jettent alors à genoux et le P. Hus les
bénit ; emporté sur sa chaise, il leur dit à trois reprises :
« Adieu ». Le R. P. Lefebvre avait été respecté pendant la Commune et laissé à la maison. « Comment,
dit-il aux commissaires, voudriez-vous faire plus que
les communards ? »

» Quand les agents entrèrent chez le R. P. Cham-
bellan, provincial de la province de Paris, le bon et
doux religieux se leva avec son calme et son sourire
habituels. En le voyant sortir de cet air si tranquille,
les assistants étaient profondément émus ; l'un d'eux,
M. de Kerdrel, éclata en sanglots.

» En quittant le préfet de police, le Père supérieur
était rentré chez lui. Sa chambre fut envahie la seconde.
Le R. P. Pitot s'est réclamé de nouveau de sa qualité
d'administrateur de la propriété, et a fait observer
qu'aux termes mêmes de l'arrêté d'évacuation, il devait
être maintenu dans la maison. Le commissaire a répondu à ce moment que le P. Pitot devait sortir à toute
force ; mais ensuite il consentit à ajourner son expulsion sur le désir exprimé par le vénérable religieux,
d'être le dernier chassé, comme supérieur de la maison.

» M. Chesnelong a fait observer alors que l'expulsion
du R. P. Pitot, outre qu'elle était un outrage à la liberté individuelle du religieux, constituait aussi nn
attentat contre le droit du propriétaire. Les perquisi-
tions ont duré jusqu'à neuf heures environ. Par déci-
sion du préfet de police trois Pères ont été autorisés à
rester dans la maison à titre de gardiens, avec trois
frères coadjuteurs ; ce sont les RR. PP. Pitot et Lefebvre et le P. Soimié, que son grand âge et ses infirmités

empêchaient de marcher. A neuf heures, la sinistre besogne était terminée et le serrurier administratif, poursuivi par les huées d'une foule sympathique aux jésuites, franchissait le seuil de la maison violée. Quant aux victimes, un mot nous servira pour témoigner du calme avec lequel elles ont vu venir la violence et la persécution. Le bon P. Millériot n'avait pu, grâce aux mesures dont tous ses frères étaient l'objet, sortir à l'heure ordinaire pour Saint-Sulpice où, l'on sait avec quel zèle, il exerce depuis longues années son fécond ministère : « Avec tout cela, dit-il, ces gens-là me feront arriver dix minutes trop tard à mon confessionnal ». Ce trait dit tout.

Le Saint-Sacrement a été mis sous scellés. A Toulouse, l'archevêque a été expulsé par la force, ainsi que l'abbé mitré de Solesmes.

Les organes les plus saillants de la presse étrangère ont sévèrement qualifié la campagne franc-maçonnique, et cinglé à coups redoublés les séides du Palais-Bourbon avec une lanière infusée dans l'alcali.

« Jamais le gouvernement d'un grand pays, s'écrie le *Times*, dont l'indulgence pour les républicains est un fait bien acquis, ne s'est abaissé jusqu'à ce point..,.. Voir un gouvernement marcher à l'assaut des couvents, escorté par des *bandes chargées par lui d'applaudir aux décrets et de huer les victimes*, c'est à faire bondir le cœur d'horreur! Malheur à la France, si la protection d'une armée vigilante lui manquait un seul jour. »

Des choses semblables, dit le *Nord*, organe de la chancellerie russe, se renouvelant chaque fois que la République y est proclamée, il est plus clair que le soleil que la République ne s'acclimatera jamais én France. Elle est antipathique à son tempérament et son sol la repousse. »

Voici la lettre que l'Union de l'Eglise anglicane a envoyée au cardinal archevêque de Paris :

Monseigneur,

« Au nom de la liberté si chère aux Anglais, les soussignés membres du clergé de l'Eglise d'Angleterre ou laïques, appartenant à cette communion, désirent exprimer à Votre Eminence, et par l'intermédiaire de Votre Eminence à tous les catholiques de France, l'indignation que leur cause la persécution à laquelle les ordres religieux sont actuellement soumis en France.

Nous ne pouvons entendre parler de couvents violés, de chapelles profanées et d'hommes recommandables par leur piété et leurs bonnes œuvres, jetés dans la rue et sans asile, et demeurer silencieux. Permettez-moi donc de faire parvenir, par Votre Eminence, aux victimes d'une injuste persécution, l'expression de notre plus chaleureuse sympathie dans l'épreuve qu'elles supportent, et l'assurance que, quelles que soient nos divergences religieuses, nous sommes cœur et âme avec elles dans la noble lutte qu'elles soutiennent pour la cause de la liberté et de la religion.

CHARLES WOOD, *président*.

(Suivent d'autres signatures)

Pour obtenir notre conversion à l'*Alma Mater*, la perspective d'enfoncer des portes à coups de hâche, d'insulter aux religieux, sera insuffisante. Mais le moyen d'enlever les mares de sang et d'ignominies qui enlaidissent sa physionomie coriacée et dégouttent de ses membres convulsifs ? Le moyen d'empêcher ses rejetons de contracter des souillures dans ce bourbier putride ? Laissons ce mets succulent aux mangeurs de prêtres ; que ces sangliers se gorgent à satiété de ces immondices, leur boutoir s'y trouvera dans son élément; peut-être après maintes et maintes fouilles rencontrera-t-il quelque pan de robe arraché aux Jésuites. Messieurs, voilà votre paradis terrestre, le point culminant de vos désirs, croupissez-y en paix. Après un repas si exquis ces bégueules d'un nouveau genre fermeront les collèges des religieux pour *cause d'immoralité* et renverront les élèves chez leurs parents. Ah ! si votre front pouvait encore accuser la honte que les remords de la conscience éveillent dans toute âme bien née, oseriez-vous lever la langue en pareille matière ; on ne parle pas de cordes dans la maison d'un pendu. Si, déchirant le voile du tableau, nous scrutons vos exploits tant domestiques que publics, certaines parties ne chatouilleront pas les fosses nasales d'une odeur de sainteté. Les griefs sur lesquels s'appuie ma croyance sont assez nombreux pour qu'on ne me traite pas de calomniateur. lls ont quelques stades à parcourir, nos ministres, pour s'acclimater aux régions des Chérubins immaculés, et si, lorsque *le développement fatal des lois humanitaires* les aura précipités dans la tombe, un mauvais plaisant s'avisait

de traduire ces bienheureux en quenouille sur la sellette
de canonisation, l'avocat du diable trouverait, sans de
pénibles recherches, un bagage suffisant de peccadilles
pour emmitoufler de boules noires ces candidats de guin-
guette qui, sur l'article des vertus angéliques, brille-
raient par le côté négatif. Peu de personnes, d'ailleurs,
gravissent le sommet de la perfection sans clopiner une
fois ou l'autre ; voilà de quoi consoler les coursiers
attelés au véhicule de l'Etat, au lieu d'avancer ils mar-
chent à reculons. Mais Dieu leur tiendra compte de leur
bonne volonté, car c'est pour lui qu'ils ont accepté les
portefeuilles qui les empêchent de montrer au monde le
désintéressement d'Epaminondas, à cause des 60,000
francs, qui sont pour eux le plus cruel supplice.

Ramener le clergé aux observances austères et aux
traditions gallicanes, le délivrer du joug intolérable
sous lequel les Jésuites entachés d'un ultramontanisme
rigoriste l'avaient tenu frémissant, interdire au curé
l'école et la politique pour qu'il se consacre mieux au
bien des âmes, rogner le traitement des évêques pour
augmenter les préfets et les cuisiniers, afin qu'ils
offrent à leur troupeau le spectacle d'une mysticité
complète, n'est-ce pas un plan dicté par le ciel même ?...

On me pardonnera de mêler une note gaie aux sentiments d'indignation provoqués par les attentats odieux
qui se succèdent, grâce aux agents de la secte franc-maçonnique. Les bévues d'un idiot portent plutôt au rire
qu'à la colère, nous assistons à des scènes qui défient le
mépris, il est du devoir des conservateurs de les fla-
geller ; mais quand il est impossible d'écobuer dans la
tête de leur auteur les différentes couches qui s'opposent
au libre passage de la raison, on les écrase par la mitraille du dédain ; cette insulte est le diapason de la
ruine matérielle et morale d'un gouvernement.

§ 5. Un peu partout.

L'Assemblée a voté l'abrogation du repos du dimanche.
Désormais, grâce à cette mesure philanthropique, l'ouvrier se verra confiné sans cesse dans son atelier, comme
dans le cercle de Popilius. La théorie de l'homme-singe
conduit à la théorie de l'homme-machine ; ce n'est plus
qu'un mécanisme qu'on jette au rebut lorsqu'il est usé

et auquel on ne doit donner ni trève ni relâche tant qu'il est en état de servir. Du brouhaha produit par les instruments de l'atelier, s'échappera un bruit grinçant et rauque comme la voix d'un poitrinaire, et dont les ondes sonores vibrant à l'oreille du serf comme celles des écailles d'un reptile à sonnettes sembleront dire : Toujours souffrir, pauvre paria, jnmais jouir, toujours en butte aux tracasseries et aux menaces d'un patron inexorable, jamais un instant pour embrasser ta famille, sécher tes larmes, t'associer aux joies pures du foyer où tes enfants soupirent après la venue de leur père. La religion te défend de travailler le dimanche, mais si le contre-maître remarque ce jour-là ton absence, tu recevras ton congé définitif, et désormais assis dans un réduit du 5° étage, sans un morceau de pain pour apaiser la fin dévorante de ces êtres infortunés que tu avais mis au monde pour ton bonheur futur, tu seras balloté dans les angoisses du désespoir, heureux si ta main homicide n'en cherche pas la délivrance dans une mort violente !

—

Comme couronnement de son œuvre de désorganisation, la Chambre a failli voter la loi sur le divorce, proposée par M. Naquet, qui, furieux de ne pouvoir obtenir séparation entre son corps et la bosse respectable très-artistement placée sur son épine dorsale, voudrait du moins renvoyer sa femme. Son excroissance charnue forme le versant occidental de la montagne sur laquelle s'échelonnent, comme sur une cuirasse de diamant, les bataillons opportunistes ; la panse de M. Gambetta en est le versant oriental. La Chambre se fût ralliée au projet des 363 si ce vote n'eût dû produire un résultat fâcheux sur les élections. Millau, dans l'Aveyron, a eu la bonne fortune d'entendre une conférence en faveur du divorce, mais les citadins arriérés, insensibles aux torrents d'éloquence que la proéminence des omoplates faisait, comme le soufflet d'un chaudronnier, expectorer en sifflant par le larynx du discoureur, se démenant comme un diable dans un bénitier, se disposaient à l'écharper, sans autre forme de procès, si la présence de la force publique n'eut calmé les nerfs de la foule.

La grande majorité des journaux républicains de Paris chauffaient dur en faveur du divorce. Après avoir mis la religion par delà la chaussée, il leur tarde de voir la loi se faire la complice de leurs projets dépravés. Je livre à leur méditation les paroles suivantes de Frédéric Ozanam :

« Il y a dans le mariage un sacrifice, ou plutôt il y en a deux. La femme sacrifie ce que Dieu lui a donné d'irréparable, ce qui faisait la sollicitude de sa mère. Elle sacrifie toujours sa première beauté, souvent sa santé, et enfin ce pouvoir d'aimer qu'elle n'a ordinairement qu'une fois. Le veuvage même, qui lui rend la libre disposition de sa main, n'a pas la puissance de lui rendre ce charme que le monde respecte et que les hommes les plus gâtés subissent. L'homme, en retour, sacrifie sa liberté, il la sacrifie plus nécessairement, plus irrévocablemeut qu'on ne pense.....

» Les enfants nés ou à naître sont les créanciers perpétuels de l'association conjugale. Elle leur doit premièrement la vie, l'éducation jusqu'à la majorité, peut-être des aliments à tout âge et assurément des conseils et des exemples.

» Voilà des tiers qui n'ont point pris part au contrat, dont il a fixé le sort, qui ne permettent pas de le résoudre, car ils peuvent, moins encore que les parties contractantes, être remis en premier état, restitués *in integrum* comme parlent les jurisconsultes. Dieu même ne leur rendrait pas la paix du néant ; il ne les déchargerait pas du lourd fardeau de la vie, ni de cette immortalité dont les parents répondent. Le mariage n'a que des conséquences irréparables, la famille qu'il crée ne peut donc avoir que des liens indissolubles.....

» La statistique du divorce dans les contrées de l'Europe, où la loi le permet, n'a jamais été complétement dressée. On n'en a pas besoin pour savoir que ces contrées donnent l'exemple d'une immoralité inconnue aux nations qui professent l'indissolubilité du mariage........ On ne connaît que trop le relâchement qui déshonore l'Allemagne et qui fait que, dans les grandes villes, le chiffre des enfants naturels dépasse celui des enfants légitimes. Le nombre des naissances irrégulières croît avec celui des divorces qui, en 1837, s'éleva, pour la Prusse, à 2,391, sans parler de 1,497 demandes que les tribunaux rejetèrent...,.

» Pour juger ce que peut le divorce contre le débordement du concubinage, on a la preuve qu'en 1830,

Londres comptait 75,000 personnes vouées à la prostitution publique, tandis que Paris n'en avait que 12,000,
et que Rome conserve encore aujourd'hui l'honneur de
ne pas connaître cet autre « mal nécessaire » des Etats
policés. » Mélanges 176-185, *passim.*

Et pourtant, dans les pompeuses circulaires qu'ils
envoyaient à leurs commettants, beaucoup de députés
qui ont voté la mise à l'ordre du jour de la proposition
Naquet, s'y posaient en défenseurs résolus des liens de
la famille.

—

Au congrès de Berlin, M. Wadington, ministre des
affaires étrangères, perdit l'occasion de rendre à la
France la place qui lui convient dans le concert européen.
Il refusa l'annexion de Tunis parce que Gambetta voulait
empêcher le maréchal de Mac-Mahon d'acquérir des
titres à la bienveillance publique, et maintenant nous
voilà obligés d'assurer la sécurité de l'Algérie par des
sacrifices d'or et de sang que la possession antérieure
de la Régence nous eût épargnés. Voilà comment les
réqublicains sont avares de la vie de nos soldats, voilà
l'amour qu'ils ont pour le peuple.

—

Le dernier budget voté sous l'Empire était de
2,152,713,993 francs ; celui de la République, pour 1880,
arrivait à 3,746,349.055 francs.

La République a donc dépensé :

*Un milliard cinq cent quatre-vingt-treize millions
six cent trente-cinq mille soixante-deux francs de
plus que sous l'Empire.*

Le budget de 1881 dépasse celui de l'Empire de plus de
deux milliards. On a augmenté le nombre des sous-secré-
taires d'Etat pour donner à nos ministres le loisir de faire
une ample sieste, ce qui n'empêche pas les républicains
d'appeler la République un gouvernement d'économie.

Les grèves, grâce au libre échange surgissent dans
tous les centres ouvriers. Sans doute il ne faut pas
élever les droits d'entrée outre mesure, mais on devrait
consulter les besoins du pays et se montrer sévère pour
l'importation des produits agricoles, du bétail et autres
branches pour lesquelles la France peut se suffire et
faire cesser une concurrence qui fait abandonner l'ex-

ploitation des champs et ruine les éleveurs. Mais ils se soucient bien de cela, les esclaves de Gambetta, pourvu qu'ils fument des cigares exquis. Ils sont habitués à ruiner le pays ; ce sont les mêmes qui, durant le Quatre septembre, endettèrent la France de *30 milliards* et lui firent perdre l'Alsace et la Lorraine, car voici les paroles de Jules Favre :

« A Ferrière, M. de Bismarck m'avait parlé d'une paix possible *au prix de Strasbourg et de sa banlieue.* »

L'entrevue de Ferrière eut lieu le 20 septembre, 16 jours après la chute de l'Empire.

« J'ai la conviction que si nous avions fait la paix à ce moment, nous aurions perdu moins de territoire. »

A. THIERS.

Ce moment, c'était le 2 novembre.

Le 28 janvier la paix a coûté : l'*Alsace et la Lorraine* et nous avons eu en plus 981.000 morts ou mutilés, soit plus d'un million en y ajoutant les morts de la Commune et ceux de l'insurrection algérienne, conséquences du quatre septembre.

—

Pour châtier les Kroumirs, il a fallu un mois pour le rassemblement de troupes, au point que si c'eut été l'Allemagne, l'ennemi eut pu arriver jusqu'à Paris sans tirer un coup de fusil. On a démoli l'ancienne organisation, nous voyons maintenant les résultats de cette réforme. N'est-ce pas, chers lecteurs, que les maîtres du jour nous ont inondé de bienfaits ? Maintenant que les séminaristes vont être enrôlés dans la milice française, les puissances étrangères oseront-elles lever la tête ? « C'est à nos yeux une chose bien douteuse, disait Cavour, — et ce n'était pas je suppose un clérical, — que l'exemption du service militaire est une condition *sine quâ non,* si l'on veut pourvoir la société du nombre de prêtres nécessaires à ses besoins religieux. » Mais ce sont là probablement des impressions subjectives, et le général Farre qui moule la question aux casiers de sa cervelle, poursuit, en soutenant le projet, un ordre de choses opposé ; d'après lui, l'âge d'or est arrivé pour le clergé, les vocations préservées s'aventureront impunément dans le monde, et de son sein seront bannis ces scandales occasionnés par des intrus sans mœurs et sans courage

que le cauchemar des casernes entassait dans les séminaires. Quel zèle, Nicolas ; impossible de ne pas croire
à tant de bonne foi surtout lorsqu'on voit, pendant le
carnaval, courir dans les rues à la barbe de la police,
et habillés en jésuites, des soulards qui se livrent à des
lazzis révoltants pour déconsidérer les ordres religieux !

CHAPITRE III

L'avenir.

§ *Unique.*

Il n'est donc plus permis d'en douter, nous descendons
la pente de l'abîme avec une rapidité vertigineuse. Pendant le 16 mai le *Bulletin des Communes* était accusé
de calomnie par les républicains, pour avoir imprimé
les lignes suivantes à leur sujet :

« Si vous nommez ces hommes, s'ils reviennent aux
affaires, voici ce qu'ils feront :

Ils bouleverseront toutes les lois,

Ils désorganiseront la magistrature,

Ils désorganiseront l'armée,

Ils désorganiseront les services publics,

Ils persécuteront le clergé,

Ils rétabliront la loi des suspects,

Ils poursuivront les évêques,

Ils détruiront la liberté de l'enseignement,

Ils fermeront les écoles libres et rétabliront le mono-
pole,

Ils porteront atteinte à la propriété privée et à la liberté individuelle,

Ils remettront en vigueur les lois de violence et d'oppression de 1792,

Ils expulseront les ordres religieux et ouvriront les
portes de la France aux hommes de la Commune. »

Il n'y a pas un point de cet odieux programme qui
n'ait été réalisé et dépassé.

La lutte est entre la destruction et la conservation ;
Unissons-nous tous sur le terrain des libertés publiques
et de la religion. Il y aurait outrecuidance à identifier
la cause de l'Eglise à celle d'un seul système gouverne-

mental, et à étrésillonner des dogmes immortels et placés sur des hauteurs inaccessibles, avec les revirements capricieux d'un monarque ou du suffrage universel ; ce serait là un zèle indigeste, mal entendu et dérogeant aux traditions du catholicisme qui semblent implicitement donner droit de cité à l'opinion contraire. Selon Bellarmin, le théologien officiel des jésuites, le pouvoir civil dérive de Dieu, faisant abstraction des formes particulières de la direction de l'Etat, monarchie, aristocratie, démocratie, et il se fonde sur la nature humaine. Ce pouvoir n'est inhérent à aucun homme, il appartient à la société ; mais comme elle ne peut l'exercer par elle-même, elle est tenue de le transmettre à un ou plusieurs individus. Saint-Thomas-d'Aquin soutient cette thèse, et dans les séminaires elle est à peu près universellement adoptée.

Les légitimistes sont donc bien mal venus à nous dire que hors de leurs principes il n'y a point de salut. Récemment, à l'occasion d'une conférence de M. de Mun à Vannes, une feuille qui reçoit les inspirations d'un prélat romain a indirectement réfuté la théorie par trop exclusive de l'ancien député de Pontivy, sur les droits au trône de France du comte de Chambord, confondus avec ceux de la Religion. Entre les rouges qui ont pour marotte de fatiguer le tympan par l'énumération des droits de l'homme, et les légitimistes qui réduisent les sujets au rôle d'automates attachés à la glébe, et font table rase de leurs droits, vient se placer le système napoléonien, heureuse fusion de la monarchie et de la démocratie, qui fait tout pour le peuple et par le peuple.

Henri V, nous dit-on, fera une large part aux nécessités des temps actuels ; mais quand je le vois honnir le drapeau tricolore qui, né d'hier, a porté dans ses plis les germes de la liberté jusques dans l'enceinte des capitales de l'Europe, étonnées de l'enthousiasme qu'excitait parmi nos soldats l'impulsion d'une force nouvelle, je me demande si ce n'est pas un fanatisme bien tranché, que de s'embéguiner illogiquement d'emblêmes tombés en désuétude, alors qu'on veut rabattre de la rigueur des principes représentés par ce blason. Cet insolent défi lancé au progrès moderne a perdu la cause royaliste dans nos contrées ; ses ennemis en ont profité pour exhiber le spectre des antiques priviléges dont chacun a entendu le soir, au coin du feu, raconter la lugubre oppression, et les conseillers mal avisés qui poussèrent le prétendant à la fanfaronnade inopportune de 1873, posèrent un couvercle de marbre noir sur le cercueil de ses espérances. Dieu me garde d'embouer, comme un factieux sans vergogne, ces figures de rois de France si augustes à tant de points de vue ; mais la longue chaîne des Bourbons mise en parallèle avec le premier anneau de celle des Bonaparte est une goutte d'eau en face de l'Océan, la flamme d'une bougie en face du soleil.

N'importe le point de vue auquel on voudra se placer, je soutiens que les Napoléons leur sont supérieurs ; je me contenterai de faire ici un parallèle sur le côté religieux, car leur prétendu impiété fait surtout jeter les hauts cris aux partisans du comte de Chambord. Sans m'arrêter à ce tas d'excommuniés dont fourmille la race des Capets avant la Renaissance, je trouve que François I^{or} conclut une alliance avec les Turcs et les protestants pour combattre la maison catholique d'Autriche ; Henri II récusa le Concile de Trente, déclara la guerre au pape et appela les réformés à son secours. Henri III guerroya contre la Ligue et s'attira les foudres d'une excommunication. Henri IV combattit Mayenne, le champion du catholicisme, et, par l'édit de Nantes, rompit avec le moyen-âge pour proclamer la tolérance en matière religieuse. Sous Louis XIII, Richelieu, son premier ministre, lance les puissances huguenotes sur l'empire autrichien, et lors de la guerre de la Valteline, écrit à l'ambassadeur français à Rome : « Le roi ne veut plus être amusé ; il a changé de ministère et le ministère de maxime ; on enverra une armée dans la Valteline qui rendra le *pape moins incertain* et les Espagnols plus traitables. » Louis XIV, en s'insurgeant contre le pape dans l'affaire de la Régale, faillit établir un schisme dans son royaume ; en outre, il envoya contre Innocent XI le marquis de Lavardin avec 800 gentilshommes , pour maintenir le droit d'asile et de franchise pour les criminels affecté au quartier de Rome où résidait l'ambassadeur français. Le chef de ces vandales fut excommunié et, en réponse à cette mesure disciplinaire, le roi *très-chrétien* fit saisir le comtat d'Avignon , propriété du Saint-Siége. Sous Louis XV les Jésuites furent expulsés de France et des autres Etats où régnaient les Bourbons. Louis XVI leva, après cinq mois, son veto sur la constitution civile du clergé, malgré les remontrances du Souverain-Pontife. Louis XVIII, voltairien déclaré, ne consentit à se confesser qu'après de nombreuses instances ; de l'avis d'un des plus chauds défenseurs de sa race, il ne voyait dans la religion qu'une affaire de politique et qu'un moyen de gouvernement. Charles X enfin, dont la jeunesse fut très-orageuse, fit rétablir l'enseignement de la *Déclaration de 1682* et interdire aux congrégations non reconnues par l'Etat l'ouverture d'établissements d'instruction secondaire. Il faut en convenir, devant la brutalité des faits, ces potentats ont leur règne étrillé par un gros contingent d'exploits anti-chrétiens, et leur progéniture ne saurait, dans l'espèce, lancer la première pierre à la dynastie impériale.

La prééminence des Bonaparte ressort encore avec plus de clarté, quand on transporte la comparaison sur le terrain, soit du talent militaire, diplomatique, intellectuel, soit de la moralité personnelle et de l'amour du peuple ; mais ce n'est pas ici le lieu d'analyser tous ces points ; d'ailleurs les ennemis de l'Empire concèdent cela sans trop de peine.

Que signifie donc cet épouvantail, cette vieille rengaîne d'attribuer aux empereurs une impiété à outrance et d'effaroucher ainsi les paysans ? L'expédition de Rome entreprise malgré un vote de la Chambre n'accuse-t-elle pas de sérieuses convictions dans Napoléon III ? Pourquoi aussi Napoléon Ier n'accéda-t-il pas aux desseins de Pitt qui lui promettait l'alliance de l'Angleterre, s'il consentait à fonder une religion nationale dont il serait le pontife? Malheureux, c'est à lui peut-être que vous devez d'être chrétiens, car si le *pacte concordataire* n'eut permis de ranimer la foi dans le cœur de la France, chaque province eût pullulé de sectes hérétiques condamnées à vivre dans une sourde hostilité, à se déchirer même par des guerres intestines.

Le soleil de Marengo et d'Austerlitz qui jette ses flots de lumière et de gloire sur le drapeau tricolore, empêche nos ennemis de mépriser la France ; c'est un bandeau qui retient sur leurs lèvres les crachats provoqués par le spectacle présent de cette boue que les républicains lancent à grosses pelletées sur son visage auguste. Quand l'étranger se reportera à ces batailles de géant, à ces victoires enlevées au pas de course que l'histoire enregistre par centaines, il se sentira en proie à un frisson involontaire et dominé par la crainte de voir reparaître les aigles triomphantes de Wagram sur les champs de Bellone ; il imposera silence à ses projets d'ambition. Le brasier du feu sacré qui entretenait dans nos grenadiers d'autrefois une noble émulation n'est pas encore éteint, il n'attend pour illuminer la France rajeunie de nouveaux rayons d'espérance que le souffle d'un Napoléon.

Mais, dira-t-on, l'Empire s'est effondré à jamais, frappé au cœur par la zagaie des Zoulous, et le dernier soupir du prince impérial a été l'oraison funèbre de ce parti, condamné depuis ce coup de foudre à une scission envenimée qui neutralise ses forces. Arrière, prophètes de malheur ! Avec nos principes nous sommes toujours redoutables. Si la descendance des Bonaparte refusait de cautionner les garanties indispensables pour le maintien de l'ordre social, nous saurions, malgré de vifs regrets, chercher ailleurs un gage de salut et indiquer au peuple un candidat que ses suffrages revêtiraient d'un caractère légal en lui donnant la palme dans les urnes électorales. Quand il y a dans un parti des hommes chevaleresques et populaires comme M. Paul de Cassagnac, dont le prestige est si considérable sur nos paysans du Rouergue, on ne peut manquer de champions capables de fixer au besoin l'espoir du public sur leur personne.

Mais, grâces à Dieu, la situation ne se présente pas sous de si sombres couleurs et l'acuité des querelles s'effacera lors des élections législatives. Sans doute, et j'exprime ici une opinion personnelle, le prince Jérôme ne cadre pas dans tous les détails avec mon idéal, et si je savais même qu'il ne déplorât pas certains de ses antécédents, je refuserais catégoriquement de me ranger sous sa bannière. Mais les divergences qui nous obligent ici à faire des réserves seraient restées à l'état purement théorique sous le règne du prince Napoléon, et, sans crainte d'être démenti, nous pouvons affirmer qu'il n'aurait jamais consenti à lancer la police à la chasse des jésuites quoique ce droit lui parût appuyé sur de solides arguments. Le genre humain a soif de culte et ce n'est pas en essayant de saper cette pyramide soixante fois séculaire qu'on ralliera l'élément religieux de l'impérialisme, mais bien en concentrant l'activité insatiable des intelligences sur le respect du Calvaire, où fleurit la baguette divinatoire qui indique la source des heureuses réformes et des vrais dogmes gouvernementaux. Heureusement le prétendant a promis de respecter les articles du Concordat, et comme nous croyons un Napoléon incapable de renier ses promesses, nous engageons vivement les diverses fractions de la cause à se fusionner sur son nom. Les légitimistes ont fait de même lors de la Restauration, car quoique l'entourage de Louis XVIII y eut découvert, avant son arrivée au trône, bien des tendances irreligieuses, les tenants du droit divin n'en persistèrent pas moins à placer leur espoir sur la tête de ce compétiteur. Le prince Jérôme est catholique actuellement, et je ne vois pas comment pour des questions d'infime étage nous irions compromettre l'avenir de cet appel au peuple, sacré à nos yeux.

En dépit de toutes les hostilités et des manœuvres frauduleuses des républicains, la nation, paralysée pa la crise que nous traversons, se tourne vers les Bona parte pour y chercher son salut, et les prochaines élections accuseront la puissance de ce retour à l'illustre dynastie, par le triomphe éclatant des candidats impérialistes et de leur chef.

Bon nombre de légitimistes, et en particulier ceux de l'Aveyron, refusent de nous prêter main-forte dans ce combat à outrance et témoignent ainsi d'un esprit de rancune et d'exclusivisme peu séant, vu l'abnégation dont nous avons donné tant de preuves dans notre département à l'égard des aspirants royalistes à la députation. L'expérience a cependant singulièrement éclairci l'horizon depuis quelques années, en étalant à leurs yeux les résultats de cette opposition qui n'a pas médiocrement contribué à la chute de l'Empire. Chrétiens convaincus par dessus tout, nous avions pensé que l'heure n'était plus aux divisions et qu'il fallait serrer nos rangs et se coaliser pour abattre la République qui insulte à nos ministres et à nos croyances. Une fois ce résultat acquis, les conservateurs eussent pu se scinder pour travailler au triomphe de leur étendard. La proclamation du comité royaliste a détruit notre échaffaudage, mais nous aimons à croire que ce roulement de tambour n'est pas l'écho de tout le parti, et que cet état-major reviendra à des projets plus sensés Si vous étiez, Messieurs, comme l'ancien rédacteur du *Peuple* à Rodez, plus sympathiques à la République qu'à l'impérialisme, nous nous passerions volontiers de votre égide, en vous laissant la responsabilité des événements et la gloire d'avoir semé la discorde dans les rangs de l'armée conservatrice. Nous vous engagerions à quémander la protection de M. Constans à Villefranche et à besogner de concert avec ce cher ministre. Mais, je le répète, les rodomontades contenues dans le manifeste de M. de Barrau, ne sont que l'expression de quelques individualités remuantes et dyscoles. La majorité se range à notre avis parce qu'elle entrevoit au bout d'une lutte isolée le désappointement d'une défaite certaine. Encore une fois, trêve aux passions politiques, la religion doit primer les intérêts secondaires ; descendons dans l'arène au cri de *Dieu et Patrie* ; cramponnons-nous à la seule planche de salut qui nous reste, et si la victoire trahit nos efforts, la faute n'en sera imputable qu'à la perversité humaine et à ceux qui l'entretiennent par de voies honteuses.

ÉLECTEURS,

Le moment décisif approche. Souvenez-vous que vous portez dans votre bulletin la mort ou la vie de la vie de la France. C'est à vous qu'est confié le soin de décider si aujourd'hui à deux pas de la Roche Tarpéienne elle montera demain au Capitole. Cette brochure vous a montré ce qu'était la République, et il y a pour tout croyant un devoir de conscience à ne pas tremper , par des suffrages favorables, aux ruines qu'elle accumule. M. Constans a eu beau exempter notre département de la persécution, il se verra tailler une longue veste s'il a bien l'audace d'y poser sa candidature ; les enfants des croisés ne pactisent pas avec les enfants de Voltaire.

Et vous républicains modérés, victimes de vos utopies, qui saluiez dans l'avènement du régime actuel l'aurore d'une félicité universelle, est-ce là ce que vous attendiez ?

Vous attendiez un gouvernement à bon marché. Or, jamais nos budgets de dépenses ne furent aussi élevés qu'en ce moment, comme il est facile de s'en convaincre par les chiffres donnés plus haut ; ajoutons que la dette publique a augmenté de *quinze milliards* sous la République, ce gouvernement économe.

Vous attendiez la suppression ou la diminution des armées permanentes promise par M. Gambetta. Or jamais les charges militaires ne pesèrent aussi lourdement sur le pays, et les campagnards sont fatigués de ces mobilisations périodiques souverainement préjudiciables à leurs intérêts.

Vous attendiez la suppression des octrois annoncée aussi par ce chef des gauchards. Or les taxes d'octroi, cet impôt odieux, augmentent de jour en jour.

Vous attendiez le développement de toutes les libertés politiques. Or elles sont opprimées avec un sans-façon inouï jusqu'ici ; témoin l'exécution des décrets et la révocation des maires élus. Venez donc grossir nos rangs ; vous trouverez dans notre programme la liberté assurée par la libre et directe manifestation du suffrage universel, comme aussi la présence d'un empereur s'y oppose au débordement de la licence et des mauvaises mœurs.

« Fidèle aux maximes de ma famille, disait Napoléon III, je ne connais d'intérêts que les vôtres, d'autre gloire que celle d'être utile à la France et à l'humanité. Sans haine, sans rancune, exempt de l'esprit de parti, j'appelle sous l'aigle de l'Empereur tous ceux qui sentent un cœur français battre dans leur poitrine. J'ai voué mon existence à l'accomplissement d'une grande mission.....

» Est-ce donc pour avoir un gouvernement sans générosité, des institutions sans force, des lois sans liberté, une paix sans prospérité et sans calme, enfin un présent sans avenir que nous avons combattu depuis quarante ans ? En 1830 (et en 1870) on imposa un gouvernement à la France sans consulter le peuple de Paris ni le peuple des provinces, ni l'armée française ; tout ce qui a été fait sans vous est illégitime.....

» Il est temps qu'au milieu du chaos des partis une voix nationale se fasse entendre ; il est temps qu'au cri de la liberté trahie vous renversiez le joug qui pèse sur notre belle France. »

Ces vibrantes paroles n'ont rien perdu de leur à-propos ; elles sont, pour notre époque, d'une actualité palpitante. L'Empire, c'est la juste délimitation des pouvoirs civil et religieux. L'Empire, c'est la prospérité dans toutes les branches du travail ; souvenez-vous de ces vingt années où une rémunération plus que suffisante vous permettait de mettre la poule au pot chaque dimanche. L'Empire, c'est la paix, car il est péremptoirement démontré, pièces en main, que Napoléon III éprouvait, pour la guerre de 1870, de vives répugnances qui ne furent surmontées que grâce à l'enthousiasme belliqueux des journaux légitimistes et républicains.

Adieu donc, chers électeurs, adieu, j'attends votre verdict avec une entière confiance, persuadé que les indignités de la Marianne auront dessillé vos yeux. Rendons à la France cette force qui glaçait de terreur nos ennemis ; voyez-là écrasée sous le talon de hordes barbares, obligée de demander un passeport à l'Angleterre pour châtier les Kroumirs. Ciel ! c'est trop d'humiliation ; élevons, par la voie légale et pacifique des scrutins, un Bonaparte sur le trône, et les grenouilles britanniques rentreront dans leurs marais.

Français, marchez au scrutin avec courage et le front haut ; pas d'abstentions ; ne vous laissez pas bercer de ces banales promesses dont les républicains sont si prodigues. Ainsi l'Appel au peuple qui est le droit sera aussi le salut, et le vaisseau de nos empereurs livrera, du haut de ses grands mâts pavoisés, ses voiles majestueuses aux caresses du zéphyr ; il fera son entrée triomphale dans les ports de la terre des braves, et de là, l'aigle prendra son essor sublime pour voler de clocher en clocher jusqu'aux tours de Notre-Dame.

Prince vous rentrerez dans votre capitale
Sans tocsin, sans combat, sans lutte et sans fureur,
Traîné par huit chevaux sous l'arche triomphale
      En habit d'Empereur.

Electeurs soyez fidèles à cette devise :

Fais ce que dois, advienne que pourra

PINCESANSRIRE.

TABLE

Rodez. — Imp. H. de BROCA, boulevard Ste-Catherine, 1

www.ingramcontent.com/pod-product-compliance
Lightning Source LLC
Chambersburg PA
CBHW060820180626
46818CB00002B/891